蜂鳥的火種

邱怡青——著

推薦序

臨過之後

吳俞萱

有一陣子，我住在美國新墨西哥州的荒野，時常遇見在半空中懸停的蜂鳥。我總錯覺，牠的存在是為了懸停我的存在。

別於多數的鳥飛行是以翅膀上下拍動的方式跟空氣產生垂直方向的相互作用力，蜂鳥是柔韌自由地轉動肩胛骨，翅膀前後揮舞空氣，形成數學符號∞無限的振翅軌跡向前飛、向後飛、滯留懸空——怡青的小說《蜂鳥的火種》令我想起的，不僅是她全情引動感官細節的書寫工藝一如蜂鳥的高速振翅和懸停機制，無限拓出空間中的空間，同時延長時間外的時間；最觸動我的，是她捕捉了生命的蟄伏狀態。

飛行時，蜂鳥的心臟每分鐘跳動超過一千兩百次，翅膀每一秒拍擊超過八十次，為了減緩代謝速度、度過冷夜與寒冬，牠們會進入近乎假死的蟄伏狀態，如果要再一次醒來，需要一個小時才能恢復生命的如常運轉。怡青細筆刻鑿的，不單是落難的人經歷多少磨難和彼此撐持，才能像人一樣地活下去，她還留存了他們的蟄伏時刻——

就算出聲呼救，也沒有人會聽見。他的墜落、裂痕、清醒和復原也都無人知曉。他記得這種倒地不起的感覺。想起父親被教練一拳打倒、自己被自由搏擊班的同學打到暈眩、在慢性病房要跳窗時被護理人員壓倒在地……都用這個姿勢倒下了，這個和地面齊行，視線被放倒在最低處水平的姿勢，這個只能和腳印、毛絮、塵埃、影子共處的地方。

怡青描摹那些未被透光顯象的暗黑掙扎、無聲隱密的失重瞬間，守護枝微末節中的神明。對我來說，被稱為神鳥的蜂鳥之所以神奇和神祕，並非牠出現和消失的速度迅猛，而是牠的蟄伏狀態揭示了：生命的火種，仰賴生命的寂滅。完整的活，得要不活去滋養。臨過之後，都是身外之物。

將近十年前，怡青寫信告訴我，她在台東旅行途中順手掩埋了一隻墜地死去的麻雀，似乎才斷氣沒多久，身形完整羽翅仍有光亮，埋完之後她用田邊的灌溉水洗手，向被她翻動鬆軟隆起的土堆說了一句：「我就送你到這裡。」

謝謝怡青觸摸生命的羽翅，也為生命安魂。謝謝妳送他們來到這裡。

*吳俞萱，著有《交換愛人的肋骨》、《暮落焚田》等九本書。目前就讀美國印地安藝術學院創意寫作研究所。

1.

絮帶著剛滿三歲的兒子永望在早晨坐車上山，到達文時在湖邊的木屋，從山下搭上這班假日才有增加班次的六人座小巴，山路蜿蜒綿長，路程需要花費兩個半鐘頭，到了半山腰四周就會瀰漫讓人失去遠近感的嵐霧。

文時的家就在座落兩座山脈之間的湖泊旁，是貫穿整個山脊的源頭，環繞著在薄霧中的扁柏和紅檜，在雷擊大火焚燒過後的次生林，整片枯木生成的白木林側邊孤單地佇立著唯一的一棟木屋，外觀充滿歲月沖刷的暗色調，任由樹枝穿破屋頂一角，草蔭吞沒前廊兩側，木柱上苔蘚和地衣滋長，牆壁都是長年累月的黑色雨漬，被強風吹損的門廊，腐敗、落盡、朽壞、潰散，這房子完整留下一點一點蛀食的痕跡，允許一切成為衰敗的原貌。

屋內的陳設簡潔乾淨，必需品和家具單調地拼貼在空間各處，滿布過時而磨損的色澤，廚房的窗戶會留一個小縫隙，讓他放養的貓咪隨意地進出，餐桌和地板上時常出現從縫隙裡隨風吹進的落葉和昆蟲以及鳥類的羽毛，木紋地板有幾處踩過時會有稍微下陷落差的雜音，絮每次進來都覺得這裡像是個倒塌的灌木叢自然興建起的樹洞，為了阻絕一切而完全地被山林收納、融入其中，是可以讓所有生物棲居的殘骸。

「這裡沒有什麼刻意為之的事情可以做，正是我需要的。」絮曾聽他這麼說，當文時和絮坦承選擇住在這樣離群索居的地方，是他為了和纏鬥了好幾年的思覺失調和諧共處摸索出的方法，用單純到粗糙而近乎枯槁的方式生活。

他曾整日感覺到有一個冰冷的槍口抵在後腦勺，似乎還能聞得到槍口擊發過的硝煙，於是他只是整日僵坐在客廳的單人沙發上，看著他放養的其中一隻賓士貓，進屋來躲避山區經常發生的午後陣雨，坐在窗邊觀察前廊上麻雀的姿態，直到天色落下一片漆黑，等待後腦勺的觸感緩慢地退去，他說這些話時的表情絮到如今都覺得十分難以形容也無法忘懷，也許疾病已經讓他無法細分篩選適合的情緒，他微微地笑著，是一種學會在絕望谷底存活的節制和冷靜。

絮知道了事實之後，反而感到安心，和他相處時總感覺到他藏著密實車縫在內裡的實情終於被剪開裸露了出來，絮在跟他用手機簡訊聯絡時常會斷了好幾個星期的回音，偶爾會傳來邏輯和意義完全不明的詞句：「石頭和紅色都無法全身而退，電話線是捲菸，和我一樣。」

她和文時保持著最低限度的連結，平時用文字溝通，謹慎而深思的選擇用句，內容素淨的沒有參雜任何生活的變因和暗瘍，文時只跟她分享他放養的貓狗、窗廊上搶食白米的麻雀、他抄寫的字、烏桕樹白色成對的種子、貓頭鷹的叫聲，只是一張張生活顯色度最淡的芯片，為原本充滿無解濃度、艱難困頓的日子裡清出唯一一個整淨的角落。

絜和永望這兩年內的第六次到訪，待到傍晚接近入夜後，湖邊的溫度降得很快，這個季節會從南面開始起風，絜聊著自己帶來的開心果布朗尼蛋糕的製作方式，話語中間總是參混著輕微咳嗽，文時端了一杯溫水和拿了一件小毛毯蓋在她的大腿上。

「好像在療養院的老奶奶。」她笑著說。

她今天僅穿了一件白色V領的七分袖襯衫和紫藤色系的長裙，還有一雙藏青色的短靴，臉上的妝容精緻，腳踝部分的絲襪有一條細細的脫線，露出肌膚的顏色，可能是她從下車的地方穿過被樹叢圍繞的小徑時勾破的，他無法不記錄一樣地觀察她，畢竟這裡除了兩個月來探視他一次的里長之外，從來沒有其他的客人。

再過兩個鐘頭他們就必須離開趕搭最後一班下山的車，文時提議要拿一件外套給她，絜客氣地說不用，他還是堅持，絜跟著他穿過有些昏暗的走廊打開盡頭最裡面的房間。

「這以前是我母親的房間。」文時轉開房門把手時隨意地說。

依舊和這個房子的其他地方一樣，單薄的黃色燈光讓空間的質地更顯陳舊，緊閉的窗戶讓空氣淤悶，充滿一股舊物獨特的氣味，沒有鋪上床單的雙人床墊、牆角堆著用紙箱密封的雜物，收空了的化妝櫃上已經積上一層霧灰，鏡子邊角用口紅寫了一句草寫英文，兩層抽屜的床頭櫃放著一盞燈柱已有鏽斑的夜燈，每一個物件都很明顯地散發出已經許久無人使用的模樣。

文時從老舊的笨重衣櫃裡拿出一件外套遞給絮，絮點了點頭之後穿上，整件都是衣櫃木頭和裡面懸掛著薰衣草除濕袋的芬香。

明明是母親的衣服，她穿起來卻完全不一樣。

文時站在她身後，不知道其中的差異在哪，那件衣服是白色的針織罩衫，上面印有紫色漿果的圖案，還留著帶葉的蒂頭，布滿整件衣服，腰帶因為長年的清洗有些皺褶，母親肩膀窄小，撐不起垂墜的布料，印象中看起來有點沒精神，雙肩也總是緊繃地往內縮。他想也許是她塞進耳後的微捲短髮染成亮眼的紅褐色，或者是因此露出一雙美麗耳殼的緣故，還是她把腰帶隨意地綁了個結顯現出清晰的腰線？也或許只是因為她和自己一起單獨待在房間裡的關係。

「很適合妳。」他說，雙手插在口袋裡是因為不知道擺哪裡比較好。

謝謝已經說了很多遍，她只是輕笑回應，把雙手抱在胸前，視線不自覺地向四周繼續打探這個房間的陳設，就算他母親已經去世多年，房裡還是殘留著幽氛的女性私密感，她感覺自己正站在他一小部分極度隱蔽的世界裡。

「您喜歡就可以不用還了，如果您不介意的話。」

文時說得很小聲，彷彿吸一口氣就可以吞嚥回去，因為這件衣服款式已經有些老舊，經過多次洗滌果實圖案的橘紅色已經不再亮眼，實在算不上是什麼體面的禮物。

「我說過，對我可以不需要使用敬語吧。」絮苦笑地回答，口氣裡滿是掩藏不了的無奈。

「不，感謝您遠道而來拜訪我這種人。」他側過臉，避開她的眼神和他無力處理的情境。

絮刻意毫不在意地繼續整理好衣服的肩線，和他一起守著這種密謀一樣的小心翼翼，像在極其脆弱、容易產生裂紋的表面用腳尖行走，他們都很明白，這個處境承受不住太過誠實的步伐，最重要的事就是保全彼此僅存的一點完好無缺。

「別這麼說，每次都讓你費心了。」

絮客套地說，和他一前一後地走出房門。

折回客廳發現窗外開始下起細雨，伴隨掃落樹葉的風打濕窗台，空氣裡都是冰涼的水氣，屋簷被不同尺寸的雨滴打響輕重不均的頻率。

「媽媽。」永望從沙發上跳起，小跑步到他們面前，手上拿了一根已經有點潮濕分岔的褐色羽毛。

「羽毛，舅舅喜歡的羽毛。」小手指向半開的窗台，最近才開始學著增加語彙的他簡短地說。

「是紅隼的羽毛。」文時接過他手上的羽毛端詳了一下平靜地說，他對永望總是不會表現過度的哄膩，只是維持適宜的友善。

「想去找更多。」他指向門，腳下的木地板踩滿了撿羽毛時把襪子踩濕的小腳印。

「外面下雨了，最好不要。」還沒等絮阻止，文時就立刻回絕，聲音就如平常一樣理性，充滿分析性的平穩。

他僅能這麼說，很快地從維持秩序和原則裡斟酌出必要而有把握的字眼，不把任何不確定的模糊地帶包含其中，比如「等你下次來我們再一起去撿」、「我會幫你收集好等下次你來的時候再讓你帶回去」這種必須配置未來時間的話他絕不會輕易說出口，那是他長時間和疾病共生相伴而逐漸凝固在腦中的習慣，這個無能掌握、無法修復的裂口，倒光每一個流經的明日。

他走去廚房打開上層的櫃子，挑選一個長型的餅乾盒，把剩下的巧克力夾心餅乾遞給絮，說等下坐車的時候可以給永望吃，把羽毛安穩地放在盒子裡拿給永望，永望搖晃了幾下盒子，聽羽毛在盒子裡摩擦的聲音，發出只有自己才了解原由的笑聲，文時總覺得他的笑聲是他總是迴盪著沉鈍安靜的屋子裡唯一清澈響亮的聲音。

「他想要拿給我弟弟，他喜歡收集鳥的羽毛。」說完這句話，絮就拉著永望的手坐回客廳的沙發上，來了幾次之後她已經開始很放鬆地把腳抬窩在椅墊上，把毛毯重新鋪回大腿，拿起桌上的茶杯喝了幾口茶。

她的視線始終落在自己的腳尖，也沒有打算多提起這個他們認識四年多來第一次出現在話題中的弟弟，文時也不會逾界地探問，就像她剛剛第一次走進他母親的房間，那是他生活的另一面，有著深不見底的水色、不透光而水草密生的沼澤，或是徒留失修枕木而封閉的鐵道，他話語與態度間鋪設出的小徑，總是有意地引導她避開這些地方，為了就是不要讓她也一起迷失在這個被破片折射出的境地之中。

每到這個時候，他們就會陷入沉默，雨滴凝聚在樹葉上落下敲響屋頂的頻率格外地清晰，文時總是無法安穩待在這種沉默裡，會起身到處巡繞，幫茶壺加熱水，拿抹布擦拭桌上的水滴，把空點心盤洗淨，就算絮安撫他地說：「別忙了，休息一下吧。」

他還是無法停止，他害怕自己無法在自然來往的對話裡表達和諧的相容，他明白自己無法憑想像體會她口中說的他已抽離很久的世界中的變異與節奏，沒有任何相似的遭遇可以對照依賴，也難以分辨該如何在相處中製造合理的親密，更不想過於顯露這個簡陋的、空殼一樣生活裡稀少的一切，每次與他們共處就無法迴避這種害怕分歧的焦慮，忙完之後他拉起袖口看了一眼手錶的時間，便提醒他們該出發去等車了。

他們一起站在站牌前，天完全暗了，已經看不太清楚彼此的臉，各種體積不同的飛蛾往離站牌稍遠的路燈聚集，斷續地傳來翅膀拍擊燈罩的聲音，湖邊響徹蛙鳴，喧囂地讓他們不用說任何話都可以。

她用視線的餘光看他，想著剛剛到站牌前必須穿過的小徑土壤鬆軟泥濘，文時看到永望腳上嶄新的球鞋就直接將他抱起背在肩上，她不動聲色地看著他展露出願意打開雙臂讓出空間接納他人的親密，掩藏心裡的激動輕聲地說了謝謝。

孩子的父親從沒這樣背過他，他總是只用雙掌伸進他的腋窩，把他像從樹穴抓出的小動物似的從嬰兒床上抱起來，用疑惑且無能親近他的眼神審視著他，那時她就知道他根本沒有準備要成為他的父親。

看著被他背著也沒有表露抗拒的永望，文時撥開兩側垂落的芒草走入小徑，永望一路靠在他肩膀上伸手拔著芒花的白色花穗在手上玩，草尖跟樹葉上的水滴落在他的臉頰和頭髮上，因為冰冷的水滴在臉頰上發出清亮的笑聲，途中文時頻頻側過臉來提醒她不要踩到軟爛的水坑。

她捏緊自己的雙手，阻止自己不要快步走上前去攬住他的手臂，希望這樣就可以跨越平常和他之間只為了完好、無塵不染地保存自己而裂開的縫隙，跟他說自己一點都不介意這條路要通往哪裡，一直走也行，但其實我更想留下。

最後一班下山的巴士，從湖邊另一頭的轉運站發車，車燈穿過樹影從遠處緩慢地靠近。

「車來了。」他看向車來的方向低聲地說。

她從文時手上接過還抓著芒花已經昏昏欲睡的永望，身上都是他背上溫熱的暖意和靠近他都聞得到的香皂味。

她的睫毛快速煽動，將視線鎖在永望臉上避免流露出胸口緊縮的動搖，每次分離都必須如此，不能夠目光交會，不能約定下次再過來的時間，他們之間沒有能夠讓兩個人都安然立足的情感重心，她獨自養育兒子，他有不知何時才能馴服的疾病，像就算緊倚著彼此也無法穿越的暴雨，只能壓抑的把騷動收束得悄聲無息，為彼此持守祕密般地安分退回原處。

她抱著永望上車，她的雙臂早就習慣了他的重量，這個重量鎮守住她不能留在這裡的自覺，她只是定期地來探望好友，自己是他的訪客，她每次都嚥下喉頭的灼熱跟自己重複這句驅逐纏結情感的咒語。

她上車投下零錢之後側過身去看了文時一眼，他接住她的目光，但看起來就只是接在手心一樣無動於衷，她找了第三排的位置坐下，把永望放在窗邊的座位，自己坐在靠走道邊，永望傻笑著吐息讓窗面凝成一塊白霧不停和文時揮手，他用手指在霧氣上畫了一隻蝴蝶，是文時今天教他的，不中斷一筆畫出蝴蝶的方法。

司機向還站在車邊的文時打了招呼，他沒有回應，車子發動緩緩向前，她禁不住傾斜身體越過永望的頭頂往窗外望，他在原地望著遠去的車尾一陣子，維持和平常一樣肢體有點僵硬的站姿，之後轉身沒入小徑。

她哄著永望穿上外套之後靠回椅背，想著文時一個人獨自走回那間彷彿是從湖面倒映出的房子裡，關上門繼續活在背向一切的反面，那是她無論如何都無法走近、一個他原本就沒有為任何人預留入口的地方。

車程經過了二十分鐘左右，天色漸暗，車窗清楚映照自己的臉，她輕閉起眼睛，隨著車速的每個過彎而感覺身體微微地傾斜，想著自己果然還是沒跟他提起，沒見面的這段時間，自己離開和丈夫一起築起的像空巢般的家，帶著永望投靠弟弟已經四個多月了，這個看似倒塌其實是她把自己重新扶正的全新生活，像是剛強的火燒煉了鑄鐵熔化一樣，就算不提及，絜也知道文時正在面對相同的處境。

看著他的樣子就知道，他又瘦了一點，深鬱的黑眼圈和他焦慮徘徊在能動用的字句如此稀少邊緣的無語沉默，僵硬又刻意而不自然的肢體動作，偶爾渙散茫然飄移的眼神，他大概也在無解的同一處尋覓微弱的生機，所以才一直沒有放棄和絜這一點只是輕輕觸碰的連結，每次離開都不知道要留下什麼話給他，要通往他的路徑像山路一樣蜿蜒漫長，絜想著我只知道離開明亮處的我們一起適應了黑，只希望你每日能在最漆黑的深處安然睡去，不再驚醒。

文時返回屋裡，擦乾頭髮上的水珠，把藥放在舌尖順著吞嚥的力道滑入喉嚨，剛剛差一點就要開始發抖了，他想。他盯著自己指尖末梢，扶著單人搖椅的把手坐下來，沉緩地吸了一口氣，感覺椅子輕微規律地擺晃，就像自己總在起落不定的病況中擺盪，不間斷規律的複診、服藥，在這個僅存自己的生活裡每日替自己的情況用觀察採樣，直到確定腦中因為偏移而總是模糊不清的認知有稍微校正了一些，他才能決定是否能和絜見面。

不知過了多久，藥物吸收後帶來胃部的噁心感慢慢地翻攪起來，他用力地吞了一口口水，把嘔吐感暫時壓下。

剛剛從母親房間出來時，他其實有看見獸形的幻覺黑影「8」從床底下快速地竄到自己腳邊，她坐在沙發上時，雨聲裡也隱約地傳來一個女人空洞變形的聲音，以至絜說一長串話時，他都需要把話裡每個單獨的字詞都分割下來一個一個確認，才能組織出意義。

每次他都努力地想要坐定在她面前，好好地凝視她眼中細小的光亮，收集她每個神色的祕密，但每次他都還是起身避開了，避開關於她和自己似乎永遠無法重新聯繫上的一切。

疾病帶來的，都是實且淨，填滿火藥的膛室，輕易地打穿原有的秩序。

母親在六年前過世後，他被現實驅趕到最邊緣，反覆地出入精神科的慢性病房，出院後住在康復之家七個月。確診思覺失調後隨觸即發的病徵讓他像圖紙上的炭粉，任憑斷裂的人際一次一次把他和生活接續的框線塗暈，連輪廓都被抹銷的時候，他終於明白在這個世界上沒有任何一種夠堅固的日常足以承受他，最終還是回到父親留下的這棟房子裡。

離市區有兩個半鐘頭的車程，他可以被湖邊整片的樹林和山脊暗藏，冬日時東北季風帶來充滿水氣的濃霧裊繞，景物和遠山僅剩輪廓，可以假裝自己是塊苔蘚，不曝露在顯眼的地方。

房子的前身本來是一間正要低價脫手頂讓的湖畔咖啡廳，廉價地正好適合當時才剛投入軍旅生涯的父親，他花了兩至三年的時間利用每個休假回來親手修繕改建成適合居住的格局，他氣傲而不喜歡把事情託付給別人的性情，讓房子內部到處都留下粗劣手工的瑕疵和他火爆起來用拳頭在門上捶出的凹痕。

近幾年這裡因為缺乏規畫整治，設施漸漸老舊不堪，觀光人潮迅速遞減，直到一次強烈颱風襲擊，整片山側滑落，重創唯一的聯外道路，修建工程又因為經費問題延宕了一年多，在湖邊出租環湖自行車的商店和小吃攤在半年內全都收了起來，本來還會定期維護的環湖步道被草葉斷枝和泥石覆蓋，每逢假日都會在咖啡廳外吹奏薩克斯風的街頭藝人也移往別的風景區，再也沒有商業產值的湖畔回歸靜默，只是忠實照映天空的平滑鏡面。

他搬回來的一個星期內，就必須把這些像陳舊霉垢一樣的老問題解決，比如淋浴間斜度不夠總是積水的地板和用黑膠帶貼起的破壁紙，水管線徹底疏通的那晚，牆壁裡傳來水經流水管和空氣的噪音，讓他一直焦躁地懷疑牆壁裡藏著監視他的人，可以竊聽他所有的想法，躲在腐爛的木梁隔間裡有個廢棄的碉堡，纏滿了監聽的線路，只要一開燈頻率就會接通，一定是這樣，不然為何燈光總會在點開的半小時之後閃爍……？

一日早晨他拿起圓鍬把牆壁奮力地敲出了一個洞，裡面沒有線路沒有不停轉錄的竊聽機，只有一個空無的黑洞，他痙攣一樣無法控制地喘息顫抖，待在原地好長一段時間和眼前發黑的深洞對望，鏽蝕的墨綠水管繼續發出規律的低鳴，彷彿是從幻覺無底的深崖發出活生生的心跳，他總是要想辦法收拾，收拾幻覺為他搭設增建的畫面，在現實再也無法負重的時刻造成的崩塌。

他在這裡得以和世界保持一個有界線不互相質疑的距離，跟著湖畔周遭的叢林一同作息，像結在樹枝之間巨大而縝密的蜘蛛網，用韌度和黏性維持靜候的模樣，早晨細絲懸滿露珠，秋天附著著枯葉，和所有細小而充滿聲響的生物共生，用餌食、用庇護和細網間隔般的整齊規律，把這裡塑成一個溫度適宜的巢穴。

圓湖形的邊沿，也僅有假日會有非常零星的釣客和登山露營的人跡，這兩年半來僅有一個自助環島的外國背包客來敲門跟他借打火機，他警戒地沒有直接開門而是只打開門邊側窗的一條縫隙，對方為了取得他的信任拿出在中部銀行上班的工作證。

他從縫隙中打量這個外來客穿著輕便，整淨的光頭，似乎也不在意蚊蟲穿著短褲，說著一口沒有多餘口音的標準中文，在他回身進入屋內尋找打火機時一直試圖放高音量跟他說話，閒聊這裡清靜的環境，他已經習慣不對任何人的來歷跟背景感興趣，所以連最平淡簡短的回應都沒有。

把打火機從窗縫遞給他時，感覺到他渾身都是從山下沾上的車油煙味，口袋裡插著一瓶便利商店買的小罐瓶裝茶，手上戴著黑色的智慧型手錶，胸前垂掛著兩個宮廟的護身符，這些從把他驅逐的世界裡攜帶的品項，在他生活的地方全部失靈，他的處境替他的周圍牽引了巨大的離心力，把這些必須從外部組裝的零件全部排除，明明能夠辨識這些物件的來源，卻像被切斷了臍帶一樣從今而後都注定失去和母體間最緊密的關聯。

關窗之前他僅說了一句：「送你，不用還了。」

「Thank you, God bless you。」他以為他接收了陌生當地居民的盛情，開心地帶著過度熱情的笑容和他揮手。

其實他僅不過是不想在接下來他不知道還要停留多久的時間裡，又有無預警的敲門聲響起，他討厭無法預料和事先籌規的事情，起床梳洗完畢的第一件事就是戴起擺在床頭櫃的手錶。

這裡是他替自己籌設的療養院，把生活收斂在精確時間之內的節制中，不起波瀾，不容許任何外力刺激的火星被觸發，嚴格地被單調看守，像每一條邊都必須勻稱的菱形一樣，無處不在的幻覺，和從牆縫、從桌椅底下、從屋頂梁柱和門外迴廊傳來的低語，像為日常灌入了輕浮的氮氣，唯一能依附的僅有把一切掏空的生活，是一條能把自己固牢在地面的繩索。

偶爾一起床就會看見「8」在床邊，那是一隻彷彿由黑塵聚集成貓身型的黑影，因為沒有影子，移動時像在離地漂浮，壓低身體的時候會發出低音的嘶聲，態度並不是很友善。

第一次出現時是在一個黯淡沒有光線的日子，當時比牠早出現半年的「4」也站在窗邊的角落，他總是穿著橘紅色的連帽外套和鵝黃色的雨靴，把帽子拉到遮住額頭至鼻梁，露出來的部分都是一片漆黑，走過的地方會留下沾滿濕潤泥土留下的鞋印，從來不曾發出任何聲響，也無從辨別他的性別。

隨著自己年歲增長，他仍然維持著嬌小僅到他腰部的高度，有時會先在走廊上晃了一圈再小跳步走進餐廳，拉開椅子坐在還在吃早餐的他對面晃著雙腳，他有點駝背，坐著的側面看起來有些傾斜，於是把他取名「4」，最喜歡待的地方是窗邊跟床底下。

「2」出現在浴室，伴隨著只有他聽得到的哭聲，是嬰兒剛出生時本能想吸到第一口空氣的響亮啼哭，他走進浴室，洗臉台聚著一半的水，關不緊的水龍頭規律地滲漏水滴，無法密合的橡膠孔塞發出細微漏水的聲響，半開的氣窗吹進的風微微地掀動浴簾。

就算有這些在現實裡製造出的動靜干擾，也還是無法混淆哭聲的方向，就在那盆正在緩慢漏盡的水裡，他站到洗臉台前細看，水面除了懸浮的白色泡沫讓水色呈現些微乳白之外，什麼也沒有。

但哭聲持續而堅定，似乎一定要嚎啕到有人哄抱或止餓為止，他戰戰兢兢地將雙手伸進水中，稍微攪動了一會把手拿離開水面時，手掌沒有捧起任何重量的感受，水卻在他手裡凝聚成一個初生嬰兒的形狀。

平滑、脆弱、幼小的雛形，五官不明顯，液體的張力形成飽滿的四肢縮捲起來，像一個橢圓形的杏核，半透明的質地讓他能直透看見自己慘白的手掌皮膚，形狀只維持了大約幾十秒，就溢散地從他的指縫和手掌邊緣落回洗手台，他悶著急促的呼吸迅速把橡膠塞拔起，哭聲就隨著水成為渦漩流走的速度，漸漸遠離到排水管的深處，之後他也曾在浴缸和游泳池裡見過他幾次。

除了幻覺以外，還有聲音，不知從何處傳來、不停尾隨的各種聲音，就像游泳時離開水面發現耳朵灌進了水，一直聚在耳朵深處，如同從腦袋某個部分發出只有自己聽見的密語，低喃、喊叫、充滿怒氣或悲怨以及尖銳批判的詞語，無端而無徵兆地在腦裡敲響如警鐘，瓜分他所有知覺和組裝言語的能力。

有時從邏輯中脫序，感官的調度混亂不已，僅能在房間木僵整日，感受不到時間的序列、夜晝的差別，思想如一塊沒有芯的蠟一樣失去流動的推力，他只能用藥物和強大的秩序感鎮壓一切，是在這隨時都會破開、空心的生活裡唯一能依賴的嗎啡。

每次絜決定要來見他之前，她都會在一個星期前先傳簡訊給他，他極度不喜歡接電話，就算打過去他也少有回覆，絜就開始只傳訊息，等待他必須考慮跟安排兩～三個星期斟酌狀況之後才有的回音，從山下的城鎮搭車過來，她會先帶永望吃早餐，要出門前會發一通簡訊通知文時，上車時也會。

只有她要來的這一天文時會把手機放在口袋裡，感覺它會陸續傳來三次的震響，這段時間他會一直想像她如何帶著兒子穿越門前的馬路，去那家他們說過養了一隻胖黑狗的早餐店，吃完有堅果沙拉、炒蛋和火腿的早餐，再走去站牌等這一班絕對不能錯過的十點半巴士，上車的時候她會用什麼手勢撩起裙襬？會找到一個靠近逃生口的雙人座吧。

他就是自己盡責的監管，屋子裡到處都是無形的規矩，但她還是願意過來，從中午待到晚上一起吃完晚飯後搭最後一班車下山，他從不主動邀約，他已經不知道如何袒露這個意願，太過隨機，在本來除了自己無所承擔的狀態下發生罕見的分心，像在無盡對時的空間裡隱密地挖出逃脫的隧穴，讓他無法克制地想要鑽爬進這個侷促昏暗的通道，只為了置身有他們在的地方。

他應該可以開車下去接他們上山，但發病這些年他除了定期採買、去固定的飯店餐廳打工和去市立醫院複診之外，從沒開過其他的路線，他曾在回覆她約定時間的簡訊之後，又戰戰兢兢地打好一通表示要開車去接他們的簡訊，他不停無意識地在房裡來回踱步，去洗了澡清醒思緒甚至到上床之前都還握著手機，大拇指抵著發送鍵，卻始終沒有傳出去。

病況將他支解卸離的部分已經數不清，喪失這點簡單的自信，他並不覺得訝異，反倒是訝異自己瞬間興起了想要早點見到他們的念頭。

他們要來的前幾日他總是很惶恐，不知道要如何招待他們，帶他們去做什麼，畢竟他已經把日子削減成僅需最低耗能，接近空白，充滿無趣的空洞。僅能每次都帶著他們去繞湖，他們間隔三個月至半年才會來訪一次，森林隨著季節的色澤景貌和生長出沒的動植物都隨著遞換，讓他十分慶幸，一走進來就可以細細地觀看什麼彷彿一夜茂盛或全部蒸發。

每次他們一到達，他就會讓永望去撈一把放在廚房地上採買來餵鳥的小米，撒在前廊看小鳥們成群地搶食，永望從窗口望著停在樹梢等待天降食糧的山麻雀，稱呼他們是：「長毛的雞蛋。」

盛夏的上午把鞋子脫了，坐在圍繞著盛開夏荷和蓮蓬的木棧道，將雙腳泡在表面被陽光曬得溫熱的湖水中，成群初生的橘色小魚在荷葉下庇護，環繞騷動那一區的湖面浮上細小的水泡。下午刻意不走湖邊步道而鑽進細窄的獸徑去撿蟬蛻，仔細地在樹旁邊兜轉一圈，把餘留在樹幹上已經被曬成淺褐色、乾脆的殼撿下來放在手心，回到集合的地方把撿到的殼在地上頭對頭圍個小圈。

「空殼會議。」當時她說完一陣大笑。

「可能在討論今年脫殼的業績如何。」他回應，嘴邊也藏著淺笑，那段時間他總是覺得只有他們來訪的時候他才會用到臉上笑起來時需要用到的肌肉。

春天採早熟的山茄子，做成飲料跟果醬，裝罐讓他們帶回家，又是一天。透紅滿布白點的橢圓形果實，他抬頭看著零落的果實和在被蟲蛀穿的樹葉說：

「我們吃松鼠、小鳥和蟲吃剩的。」

她伸長手微踮腳尖摘下一顆放到永望手上，他大叫：「被吃了一半。」

「這樣很好啊，那你就跟小蟲一人一半了。」他回，繼續專心將單腳踩在淺坡上折摘果實。

永望趁他們不注意想偷嘗味道整顆塞進嘴裡，酸澀的汁液讓他皺縮起整張臉，返回小屋文時立刻從桌上的扁鐵罐裡拿了一顆水果糖給他。

三天後接到她傳來的簡訊：「他下課回家衝去冰箱看到果汁罐空了，滿臉失望，我只能把自己下午私藏的半杯給他喝。」

他每次都回得簡短扼要，像仔細秤過精量的字句，而她擅於表達總是可以寫滿二～三封內容的短訊，他理解得慢，總需要一段段的細讀消化，滑動螢幕的手指小刻度地移動，光亮印在臉上，只有在此時時間不再縮限，撐起了很大的空間讓他投入閱讀她的話語，想著她花了多少時間，低著頭也許把手肘放在晚餐過後的餐桌上，她收拾好碗盤、擦拭桌子，也許都還沒有解下圍裙，就坐下來在終於能鬆了一口氣的時間裡寫下這些字句給他。

冬季湖面在下午過後，迎來山裡濕潤的霧氣，有時一整個下午都飄著細針一樣的小雨，只能一起在室內做饅頭，他們來之前他練習好幾天，揉出麵團的筋度、等發酵、蒸出成品，早起做個三趟一天就過去了，手上都是生麵團的微酸味，每一趟他都來回在餐桌的筆記本上記錄程序跟逐次改良的成分，試著加入地瓜和葡萄乾又必須注意水分。

反反覆覆地從散勻在桌上的麵粉起頭，打開蒸鍋看見麵團已經蓬鬆飽滿結束，一回神已經天色漸暗，他用掌側壓滾著手上如同鬆軟泥土的麵團深吸一口氣，身體純粹因為重複的勞動而疲憊，度過了一段難得沒有幻覺造成無數破口的時間。

他們一起做了兩趟饅頭，永望光是把每個麵團都加上小豬、兔子、瓢蟲的圖案就花了很多時間，不厭煩地比對葡萄乾、葵瓜子跟芝麻哪一個比較適合當眼睛，在把麵團搓成圓球的時候問，捏起來像麻糬，所以饅頭是用麻糬做的嗎？

文時每次都絮就會笑起來蹲到他旁邊，慢慢地解釋饅頭的材料，讓他撫摸麵粉的質地。覺得，這應該就是每日尋常生活的場景，他總是沉迷地看著，對自己而言，這些似乎都被疾病扣押在他就算奮力伸長手臂也搆不到邊的最深處。

掀開蒸爐的蓋子，永望在廚房的蒸氣之中興奮地蹦跳。說自己最小的那個也膨脹成最大的了。文時把整爐拿出來放到盤子上，畢竟是還不熟練的實驗品，只有一半成功，有一半表皮因為沒有順利發起來而充滿皺褶，永望笑得更開心說這是小豬老公公。絜說這半邊資優班的留下，那些放牛班的我們帶走吧。反正都是永望的傑作。

回到客廳時，永望指著角落的梁柱說，有蝴蝶飛進來了。文時說那是黃帶鳳蝶，不能讓牠待在室內，把牠抓起來放走吧。他折回廚房拿了一個長形的玻璃杯，拿給永望說：

「把牠罩起來，趁牠飛進杯底的時候用掌心把杯口摀住，要輕輕的。」

永望刻意用最小的動作靠近蝴蝶，小聲地念著：「要輕輕的。」用玻璃杯罩住蝴蝶，小跑步走到窗邊把牠放飛。

直到他們必須要去等車的時間，就像有人在旁邊彈指一聲提醒，熄滅所有聚光的燈。提著一整袋還溫熱的怪形怪狀的饅頭上車，他們總會在窗邊揮手直到消失在彼此的視線之中，他會在車子沒入第一個下坡的時候輕聲地說：「再見。」

早晨他會照慣例打開空蕩的冰箱，今天卻響起落地的聲音，重落到冰箱底部像一張紙的邊角輕叩地面的聲音，掉落、眼光隨著殘影移動不到半秒的時間，他警覺地抛開冰箱把手往後重重跌坐，那個殘影可以一瞬演進分化成許多樣態，一隻黑色的手臂、一張有黑色漩渦往中心扭曲張著嘴嘶鳴的臉、一灘飄散著重金屬味的詭異黑水……甩甩頭對準瞳內的焦距，他終於看清楚那是一隻死掉的壁虎。

「喔，我的好朋友，這是怎麼回事？」他撐起身向前爬兩步，把牠撿起來放在手心用中指腹輕輕翻動，牠的四肢已經萎縮硬如乾草，肚皮兩側透出體液凝固的蒼紫色。

牠在他家出現大概已經兩個星期了，入夜就沿著牆壁邊角四處移動，這兩個星期他在鞋子裡、碗櫃旁、吃了一半放在桌子上的西洋梨、窗框和廚房的水龍頭開關上都遇過牠，偶爾發出節奏規律的叫聲，那天晚上他一如往常獨自一人在餐桌前快速地吃完晚餐，米飯裡有濃重的膠澀味，很像把塑膠製品燒熔了那樣充滿化學性的焦臭。

他控制著胃部翻絞的嘔吐感，眼眶因為胃酸湧上喉頭的燒灼而泛熱，吞嚥異常困難，他學會把眼神凝止在一個定點，一勺一勺速度規律地將食物送進口中，甚至拒絕去細分每一種調味或食材原本層次分明的味道，因為一咀嚼那股氣味就濃濃地擴散在嘴裡。

他在集體治療的過程中曾聽其他人提過畸形食物的味道，汽油、重金屬、瓦斯、瀝青、樹皮、發霉的馬鈴薯……如同一群馬戲團成員在深夜的帳篷裡圍繞著燭火聊著自己曲折的身世，有人說得起勁也有人一直維持把雙手抱在胸前捲著身體形成球的姿態，但也許是他腦中找不到出口不停迴鳴的聲音在說著該怎麼殺了這個高談闊論的白痴。

他忍耐著喉間胃酸逆流的酸嘔感站在廚房的流理台前清洗空盤，那隻壁虎從牆面彎了一個弧度爬上沾滿水滴的水龍頭上，有金屬質感的瞳孔緩緩地收縮，彷彿與他對視，喉嚨的突起隨著嘴的張合上下滑動：

「給我把小腹縮起來，你這肥豬。」牠說。聲音裡有著收訊不良的收音機發出的充滿顆粒感的粗糙音質。

那是父親生前最常羞辱他的話之一，從牠體內充滿黏膩臟器的幽黑深處，發出這句話乾裂的音節，幻覺裡總是有一部分重演著父親留下的棄物遺骸，邊緣銳利的話語、在迴廊焦慮行走的粗重腳步聲、修剪整齊直至露出甲肉的手指、滿身薰黃的菸味，半夜坐在只留一盞燈的餐桌前拆卸他收集的狙擊瓦斯槍，把那些支解的零件一個一個拿起來細膩地擦拭……像父親仍然活在他腳下的冰層，偶爾從底層的漆黑裡游出，兩瞳映燃著冥火透過薄弱的冰殼與他對望。

他面無表情地低下頭繼續將盤緣的泡沫沖乾淨，擦拭放回碗架後將窗戶開啟一個小縫隙，放一些蚊蠅飛蟲進來，招待家裡的新客人。他在玄關養一群鳥，早晨和傍晚都會撒一杯小米，牠們會在湖畔的樹間和步道的扶手上等著，在他關門進入屋內後成群飛來搶食，在廊前和牆柱上留下眾多稠白的排泄物和漫天羽屑，他每天都得抽時間清理。

早晨一起床總會看見窗外站著一列伸長脖子短促低鳴的鴿鳥往裡面張望，鋪落在房間地板上的陽光照印著牠們來回穿梭的身影，理毛、甩頭、輕啄窗台、張開羽翅瞬間清脆的振響，一些零碎無秩序的噪音，他喜歡這些聲音，只要活著就會製造出聲響，叫喚一起生活的人獨特的名字，輕拍誰的臉頰，打哈欠、走下階梯、轉動門鎖搖晃門邊的鈴鐺，而所有枯朽的事物都只是沉默地待在原地，任日照萎縮乾涸，在雨水窪坑裡沉落，失去重量，等待分解。

幻覺把他的生活隨意拗折成不規則的形狀。一直都代替自己清晰地映現那些看不見傷痕，如同永恆尾隨的倒影。

他在父親去世一年後開始病態地暴食，那時他的體重是現在的兩倍，從一直維持著精瘦結實的標準體態暴增到一百九十五公斤，移動費力困難，大腿兩側的肉不停擠壓摩擦，走幾步路就紅腫刺痛，衣服整天充滿腥鹹的汗臭，身體承受不住極端進食的警訊就是讓他只要一站起身就暈眩不止。

某天下午他因為昏眩摔倒撞到電視櫃的邊角，左後腦受到重擊而失去意識，母親在半小時後發現，整片木地板已經染滿從他的傷口湧出的鮮血，動用六個急救人員才將他固定在擔架上，在救護車到達醫院這段二十分鐘的路程，是他這一年外出最長的距離。

傷口總共縫了三十二針，昏迷了一天半之後清醒，醫生告訴他必須強制減肥，這個過程他一直聽到「過胖」、「脂肪肝」、「重量壓彎脊椎」這些和肥胖相關的字眼，還只能把眼睛勉強拉開一條縫隙的他感覺曝暈一樣刺眼的白色燈光、傷口的疼痛癱瘓了整個左半邊的運作似的，意識訊號微弱恍惚，只有種想放聲大笑，笑到眼淚都從眼角不能控制擠出來的衝動。

從來沒想過這些形容詞有一天會成為描述他的詞彙，以普通的眼光來看現在癱躺在床上的他，似乎是自暴自棄地在荒廢人生，但他卻覺得此時像是拿起剪刀把長久掌控自己一切行動的吊線一刀剪斷，雖然只能癱倒在地，卻無比自由。

父親從小就禁止他接觸任何他標準裡的垃圾食物，只要會增加不必要熱量、阻礙身高發展和肌肉訓練的食物都嚴格控管出現在家中，父親的家族是歷史悠久的軍人世家，也傳承家族傳統從海軍上校光榮退役。

他這一生最瞧不起的就是沒有堅韌體魄和精神的男人，尤其鄙視胖子，他不只一次聽過父親用極其羞辱的話形容街上那些微凸著鮪魚肚的中年男子，說他們活著多吸一口空氣都是浪費資源。

父親過世的那天晚上，他就去速食店叫了兩套炸雞全家桶餐，一個人在座位上毫不停歇喘息地放進嘴裡撕扯吞咬，感覺過鹹的口味、滾燙油膩的麵衣和濃厚的肉汁滑入喉嚨，溫熱他長久以來都空虛節制的內臟，淚水一流下就跟嘴唇上鹹香的油脂與麵衣碎屑混在一起。

他不是為了父親而哭，而是拚命地想要挽回所有的失落，在嚴厲的看守下他已經和自己真實的慾望走散已久，現在終於能與它重逢，連毫不壓抑的貪婪都想盡情享受。

母親在他二十五歲時因服藥過量去世，每天都會大清早就起來準備早餐的母親，很反常地直到下午房裡都沒有任何動靜，敲了兩次房門都沒有回應之後他直接轉開門進去，母親側躺在都是皺褶淺藍色的被單上，半張臉埋在裡面，細軟稀少的長髮披散，身體已經完全沒有起伏的聲息，如同一塊靜默地在溪邊長滿一層浮藻的鵝卵石。

母親是不可能會自殺的，他很清楚，從以前父親好幾次都把餐桌上不滿意的菜色直接連盤子翻蓋在桌上，母親只會安靜地清理，從來不會用情緒觸發一點多餘的爭執，母親一直都知道自己是為了維護什麼，彷彿用這個信念分泌出的液體把整個家黏成一個構造複雜的蟻穴，以確保外面的天象如何變換都能保持恆溫。

他小時候曾經在後走廊拿著樹枝救下一隻在蜘蛛網上蜷曲掙扎的毛蟲，用樹枝尖端破壞纏黏住牠身體強韌的細網讓牠掉回盆栽裡，正在曬衣服的母親只是用毫無波紋的語氣對他說：

「你這樣是搶走了蜘蛛的食物，還讓牠無家可歸。」

他後來就明白，自己和母親都是那隻毛蟲，是網的俘虜，養護這個家的標本。

母親在家裡能發出的聲音就像從針孔大小的音孔播放出來一樣微弱，沒有在跟父親報備的時間內回家就會被關在門外，如果做了觸怒他的事，早上就會看到母親只能在堆放雜物的小和室間睡覺，四周堆滿了換季衣物、厚棉被、以前父親在軍中定期會收到的舊報刊和他有一陣子著迷收集的古刀劍，全都鋪滿一層灰塵的粉屑。

他起床經過和室從半敞的門縫看到放在雜物堆中的一床棉被和枕頭，感覺就像看到表面完整的家不想讓任何人靠近的一個燒黑的角落，故意不允許任何形式的光線偷渡進來，清楚照出父親留下坑坑疤疤的破壞。

早餐母親仍會擺出一桌子的豐盛，卻一句話也不說，讓沉默粉飾一切，就像一張濕透的紙覆蓋在身上，輕輕一動就破，彼此就再也無處藏身。

「你爸爸只是脾氣不好，忍一忍吧。」她總是這樣說，避開文時的目光。

在他開始上小學之前，他和母親就像一直被囚禁在一個狹小、空氣稀薄的密室，裡頭只充斥著父親的監管，陰晴不定的怒火，說他是父親，更像是個典獄長。直到他開始接觸到班上的老師、在其他人嘴裡聽見關於另一種對父親的形容，他才了解自己的家像一出生就突變的畸形種。

母親像她說的一樣，甘願遭受苦刑、受罰一樣地忍耐著。她總是在事後才辛苦地收拾，打破的門板、摔碎的玻璃、解體的電器、扯爛的衣物、文時被罰跪時膝蓋的紅腫，她花時間彌補，企圖將它們還原到還沒有四分五裂前的模樣，像個回收一切損壞之物的拾荒婦。

明明無論何時她都在家裡，卻時常讓盆栽枯死，庭院裡的植物總是奄奄一息。好像她唯一能夠養活的，就只有跟誰都不能說出口的，這個家醜怪的祕密。

他辦好母親的後事，再也不回頭，沒有再去墓前祭弔他們，他知道荒煙漫長的雜草會蓋過他們的墓頭，但他終於可以盡情哀憐自己，把他們留下刻骨的刮痕，花漫長的時間磨平，自此一人橫渡眼前看不見盡頭的長夜之河，也總比看著他們著魔般的言行，待在他們滿身都是尖銳毒刺的關係中間動彈不得要好得多。

「8」出現時總是充滿敵意，無時無刻都在彰顯憤怒。「4」開始會在床底下說話，說的是他自創的、擁有自己特殊語系的語言，而文時都聽得懂，會記得幾個重複音律的單字跟他對話，也曾伸出手想要觸碰他，本來以為會觸摸到塑料的質地、感覺到潮濕的冷涼，卻是像蛛網一樣輕盈無感，他會指著地上已經僵直死亡的小鳥屍體說：「這就是你的人生。」

他會蜷縮在床底下、身體卡著一半在牆壁裡，重複念著的話語都跟各種消極、沮喪、絕望有關。有時只是縮在桌子的邊角微微發抖。文時就跟他們一起待在這個感官過於曝光、被抽離替換過的世界裡。

還有一隻蜂鳥，每次都在盤據在湖面的嵐霧覆蓋住窗外的景物時出現。從濃霧間竄出，發出蜜蜂一樣的振響、身形靈巧、凌空定格，用黑色雙瞳與他對視，每次都叼著不同的物品，一支用到盡頭的橘色蠟筆、他小時候唯一的玩具一隻青蛙造型的吸盤娃娃、因為實在太想吃零食而每次從冰箱裡偷拿母親煮菜用的冰糖……文時都把牠叼來的東西收到一個老木桌的抽屜裡。

父親完全不允許他畫畫，那支蠟筆是他小學的鉛筆盒裡，唯一的色彩，他珍惜地用，每次都會將筆直立成九十度，平移著畫，這樣才不會因為施力不均而斷裂，最後他還是用到了用食指和拇指再也握不住的程度，在畫紙上碎成粉末。

像這種無法忍受悲傷的時候，他會把那隻同學隨手扔給他的吸盤青蛙握在手裡，它的雙眼不成比例地大，粉色外露的舌頭還有做工不良的脫線，四肢的圓趾每個大小都不一樣，看起來粗糙又廉價，但他總是記得握著它的觸感，因為怕父親發現，他就用力地把它掐成團狀收進手掌裡，直到手掌都因為濕熱而長出紅疹，從那時候開始，他就只在乎擁有物品的意義遠超過它的功能，他只想牢牢地感受這種確信，還有什麼殘存著不被父親挖除的確信。

他第一次認出糖這個字之後，在母親從冰箱拿出冰糖的包裝時認出它來。那天他窩在棉被裡撐著眼皮等到總是半夜三點多才會入睡的父親，腳步聲緩緩地踏上樓梯、關上房門，他才敢打開冰箱，小心翼翼地拉開橡皮筋，將一顆白色不規則的結晶倒在手中，放進口中的時候他總是捨不得咬碎，會用舌尖感受結晶的每一個尖角因為融化而變鈍。

他用蜂鳥叼來的蠟筆試圖畫出顏色，清醒才發現自己只是握著一截斷裂的樹枝，把冰糖含入口中隨即失去意識似的昏睡了一天之後，嘴巴裡滿是金屬的鏽蝕味，原來自己含著一枚一元硬幣，蜂鳥叼來的物件都是一個漩渦，一個個埋在記憶裡的病因，相互碰撞匯聚成強烈的亂流。

意識像播放著默片，裡面的每個情節都可以沒有意義，每個人都沒有名字說不出自己的身世那樣，被編列在沒有邏輯的夢境裡，漸漸地抹糊和真實生活的界線，認不出存在於此時此刻自己的模樣。

他覺得自己每天都要在相同的地方醒來好幾次，又在同樣的位置睡去。過去有時膨脹般巨大，有時又縮得小如沙粒，聲音時而貼近耳邊又遠得像跨境的回音，每天都在往深處挖掘又一瞬間全部坍塌掩埋，不止歇地在燒得焦黑處翻找還能點燃的柴薪，睜開眼睛卻直面著在黑暗中仍然清晰無比的夢魘，會緊閉牙關失去吞嚥口水的力氣，想辦法制止過去的暗處發出令人不安的叫喚。

傍晚在湖邊遊晃的賓士貓會躍進牠半敞開的窗戶，四處地在空間和梁柱走動，偶爾牠會對著什麼都沒有的地方細細地鳴叫或只是安靜地凝視著，覺得那裡躲藏著什麼正在生成之物，喚牠時牠從不回頭，和某些幻覺一樣不發出一點聲音，一下就和窗外的山嵐一起消失得悄聲無息。

2.

絮四年前第一次在飯店餐廳的休息室遇見文時。

當時她好不容易接到像樣的駐唱工作，是在五星級飯店的西餐廳，在這之前她經常接到的都是一些小型公司的尾牙、春酒，小廠商的商演、婚禮之類，自己只是安插其中的餘興節目，她站上台從不說多餘的話，因為從台上的視角可以清楚看見一切的凌亂吵雜，根本不會有人把注意力集中在她身上。

她一開口總是會有從四周好像互相抛接一樣的人聲把她的聲音稀釋掉，只是陪襯的背景，跟穿梭在中間整場下來只會看見那雙端菜的手的服務人員差不多。所以她總是稍微仰頭，讓聚在她上方的燈光暈糊她的視線，視線落在她握著麥克風的指尖，耳朵努力地蒐集自己發出的音節。

她也絕對避免在演出之中走到台下，就算只是在比較低矮的舞台上，都會有酒醉的男人醉醺醺地上台，好一點的摟她的肩膀跟她一起胡亂合唱，糟糕的就是趁機上下其手，她只能靠自己技巧性地閃躲，尤其是喜慶場合，更沒有宴廳領班想為一個外包的小歌手敗了客人的興致。結束後偶爾還會有零星稀落的掌聲，她會小心地踩著滿地的彩帶和用過的濕紙巾走回員工休息室。

這裡和相隔一條走道裝潢亮麗、空調適宜的宴會廳不同，日光燈、鐵櫃、摺疊椅、白牆上都是手印的汙漬，黏著用不同螢光筆線條畫滿的班表和員工守則，空氣裡淤滿廚房散出的熱度，她每次都感覺這就像是一個藏匿在地底下充滿蒸氣的灰色鍋爐室。

她只要換好衣服從值班經理手上領了錢就可以離開，她簽完名把信封袋塞進包包裡就會加快腳步往馬路走去，她必須要趕上末班的公車，遠一點的表演地點光是坐趟計程車就會花掉她一半的演出費，這個工作就是這麼的微不足道又如此廉價，總是攔了公車喘著氣地坐在位置上時，才會發現自己的頭髮除了造型液的味道，還有下午在賣場的熟食區工作時吸附的炸魚油煙味，就像她現在的生活，沾滿了各式黏膩複雜的味道。

這個機會是晚上工作的酒吧經理介紹給絮，為了爭取到這個僅半年期的短暫兼職，只是因為這是星級飯店的餐廳，可以當作駐唱生涯裡一個稍微漂亮的經歷，她特意費心裝扮去和餐廳經理見面，態度輕挑的經理硬是要吧檯服務生調了兩大杯的伏特加，在跟她說話的期間不停地催促她喝下，絮為難但又必須順從的樣子似乎逗得他十分滿意。

絮在酒意還沒徹底發作之前草率地填完聘雇的資料，腳步略微搖晃地離開飯店趕搭最後一班回家的公車，吹到涼風依然無法驅散烈酒在身體裡揮發出強勁的醉意，在車上緊閉著雙眼忍耐著不要吐在公車上，一到家她連鞋子都沒脫就伏在馬桶一陣乾嘔，另一隻手還要胡亂揮舞地關上廁所門不想吵醒已經熟睡的永望。

她吐得全身虛脫，喉嚨滿是燒灼疼痛地狼狽撐起身，抽下鐵架上的毛巾放在水龍頭下搓洗想要擦嘴時，還是聽見永望在門外輕聲喊她的聲音，絮看著鏡中的自己一頭亂髮，眼睛充血、臉色青白，來不及脫的外套左邊肩頭滑落地卡在手臂上。

浴室都是嘔吐後的酸臭味，她只能聲音沙啞地跟永望說自己正在洗澡把他哄著支開，要他回房裡先睡，等到聽見永望有點不甘願的回答，小步伐走回房間把門關上，她才繼續拔下已經被嘔吐時擠出眼角的淚水沾濕的假睫毛，頭暈目眩地按壓了太多卸妝油在化妝棉上，弄得滿手油膩。

她洗手時順便低下身潑洗發燙的臉，眼神一直不忍再正對著鏡中的自己，似乎已經無能追究自己是如何落入這種境遇手中，還只能任由它越掐越緊。

剛回來時發現本來今天答應要待在家照顧永望的老公，八成又只哄了永望上床睡覺之後就出門，也不知道放永望自己一個人待在家多長的時間了。

回來時順手把側背包丟在餐桌上時，瞄到中午還特地打電話提醒他要繳交房屋貸款的帳單還是原封不動在本來的位置，每次要打電話找他，不是關機就是響兩聲就被切斷，她總是想就算有了孩子也沒有讓他們真正接通彼此，這些隨手一樣的輕忽、冷眼相待和沉默，讓這個家崩落的深淵，越來越看不見盡頭。

第二天她在沙發上醒來，因為永望早就起床，在玩具箱找昨天被爸爸隨便丟進去探險活寶裡的老皮玩偶，他平常總是會把它放在客廳的一對塑膠椅的其中一張上面，邊玩邊跟它說話。在翻找時碰到了有人聲教學的英文字卡玩具開關，機械的女聲響起老虎的英文發音。

絮頭痛得只能把眼睛瞇成一條線，模糊的視線尋找聲音的方向，看見永望抱著老皮玩偶用緊張僵硬的姿勢站在玩具箱旁，一臉闖禍時的表情，以為吵醒了絮可能會挨罵，絮只是微微地揚起苦笑，從沙發上撐起重得像鉛塊的身體，對永望招了招手，永望立刻開展笑容衝到絮面前，說猴塞雷老皮被倒頭栽地塞在玩具箱裡面，一靠近絮的胸口就嫌棄地大聲抱怨：

「媽媽身上好臭！」

整個空間又恢復一如往常一樣，只有孩子創造出純粹的各種聲音，發出的每個字都是媽媽為首的音節。

就算自己頭痛欲裂又暈眩，喉頭還殘留著昨天嘔吐時被胃酸灼傷的痛感，孩子還是要吃飯。她去廁所快速地梳洗完，去廚房簡單地煎了荷包蛋還有牛奶麥片跟花生醬吐司給永望當早餐，絮嘴裡都是酒氣的苦味，胃口全失只是神情恍惚地用手托著下巴，聽嘴邊沾滿花生醬的永望說爸爸開電視看了整晚的籃球賽，然後找了很多手機遊戲給他玩，他口齒不清地一個一個把遊戲內容列舉出來。

絮微皺眉心從胸口湧上一陣煩躁，不想再聽到這個又離家整晚的男人增加的輕浮事蹟，趁永望咬吐司的時候問他：「媽媽切柳橙給你吃好嗎？」轉移他的話題。

她起身背對永望時才垮下整張臉，拿起水果刀，重重地把柳橙一刀一刀切成片狀，柳橙橘色的汁液被擠壓地噴濺在衣服上也沒有力氣在意，她深深地抽了一口氣，感覺現在的生活就只是每天確保自己不要在這個家的深崖邊緣失足滑落。

下午她一直昏沉地在沙發上睡睡醒醒，怕錯過鬧鐘的時間，也擔心永望不知道有沒有真的只是坐在桌前畫畫，她四點要到餐廳去彩排，要提早一個半小時起來準備，還要送永望去安親班再走二十分鐘的路程去路口搭公車，一整個下午就在頭痛不停地將她往深眠拉下去而焦慮的情緒又不停催促她醒來的掙扎裡度過。

把永望送去家附近的安親班，老師提醒她最晚要來接走永望的時間又讓她不自覺地加快腳步，在等公車時她終於可以梳理一下頭髮，用最快的時間吃完超商買的三明治，把出門前放在藥盒裡的止痛藥配水吞下，再好不容易擠上下班時間塞滿人潮的公車。

到達飯店，先去廁所補了一點淡妝，再去找餐廳的領班報到，聽他稍微說明演出的舞台和流程之後，他還客氣地說他們是有提供表演者餐點的，正式表演時可以不用那麼趕，直接來這裡吃晚餐。絜和他道謝後，才終於覺得自己可以喘口氣，朝他指引的休息室走去。

一打開鐵門，就看到文時坐在桌前左側的摺疊椅上，她進門的聲響完全沒有擾動他把眼神移往門口，無動於衷地好似他是個遺失聽力的人，或他根本不在意空間裡多了或少了任何人。

一身潔白如新的白襯衫，在日光燈的照射下彷彿身體周圍都可以發出白暈光的潔淨，繫著寬版的黑領帶，打結的方式也十分拘謹老派，一頭感覺從未漂染的深黑短髮遮住額前，厚邊的黑框眼鏡，雙肩微縮讓背脊弓起一個弧度，雙手放在胸前的位置，讓拿在手中的物體有頻率地轉動，室內隨著他手指翻轉傳出清脆勘合的聲響。

絜在走向自己的臨時置物櫃前時輕瞄了他一眼，發現他正在快速玩轉著魔術方塊，走過他身邊時，他剛好完成了三面，正專注地繼續完成最後一面。

她把外套跟包包放進鐵櫃，用手把頭髮塞進耳後，回頭倚靠在櫃上，拿出水壺喝水時一直目不轉睛地盯著他手裡的魔術方塊，他微微弓起的身體好像只是一個支架，維持平穩而固著的姿勢，絜正在考慮是否要跟他打招呼時，文時站起來，把魔術方塊遞給她：

「幫我轉好最後一面吧。」

絜「咦？」了一聲猶豫了一下才接過，他說就這一面，往右再轉一次就行了。絜狐疑地用很不熟練的力道和手勢照著轉動，發出喀噠的一聲。轉好後絜發現方塊不是一般單純地只是把同種顏色轉回原位，竟然呈現六面三種色塊的十字圖紋，絮瞪大了眼睛環視手上的魔術方塊，喃喃地念著：「太神奇了吧是怎麼做到的？」看絮老實單純的反應，文時從喉嚨深處發出低沉的淺笑。

「我是妳之後配合的鋼琴師，叫我文時就好。」他說，對絮伸出手。

絮禮貌性地用淺淺的力道回握他的手，也跟他說了自己的名字。絮當時想著這個人真是正經八百，一副一板一眼、整整齊齊的模樣。以前和她配合的樂手，第一次見面都只會互相點個頭，就會立刻埋首在各自的工作，簡短的談話更只有單向的演出內容，之後再想起，不用說名字了，連面容都模糊不清。這是絮第一次覺得她應該會記住這個人。

在餐廳開放晚餐的一個小時前他們一起排練，在賓客席中間一個階梯高的圓型舞台，和之前都是仿木紋的塑膠地板不同，上面鋪上了紅色絨面的地毯，邊緣點綴上香檳金色的亮片，絮踩上柔軟的地毯，心裡想著終於不用在穿著高跟鞋的時候擔心會滑倒了。

文時果然和絮想的一樣，用詞得宜、注重細節、仔細且敬業，絮跟他溝通的事他都會立刻拿鉛筆註記在樂譜上，做事風格和他彈出來的音色一樣精準乾淨。

「妳喜歡唱歌嗎？」排練結束後，文時把鋼琴蓋闔上時問絮。

「沒有什麼喜不喜歡的，只是在大學時加入了聲樂的社團，老師覺得我有唱歌的資質，我就想原來我能唱歌啊，後來在酒吧駐唱的朋友問我要不要一起接工作，我就想能賺錢當然好，如此而已。」絮漫不經心的回答，把飯店的麥克風放回原位。

「好老實的回答啊。」文時笑著和她一起走下舞台。

「我應該要說唱歌一直都是我的夢想之類的官方回答嗎？」絮環顧餐廳已經開始做接待客人的最後準備，打開了中央的水晶燈，替每個座位點上小茶燭，在長形的白色花瓶裡插上一朵玫瑰。

「我也不是因為喜歡才彈琴的。其實我隱約聽得出來，妳唱歌的時候就是規規矩矩地照著歌曲原本的樣子來唱，完全不會想要炫耀自己的技巧。」文時一點都沒有要趕著離開似的，配合著絮的腳步跟她一起走回休息室。

「活到這個年紀，孩子都生了，很久沒用到夢想這兩個字了。有時在酒吧遇見那些談起唱歌就眼神發亮的年輕人，覺得他們這個年紀就已經知道自己想做什麼啦，當下還是會覺得有一點點羨慕吧。但回家一打開門看到孩子在哭，我就馬上忘了這件事了。」絮說著邊打開鐵櫃，把包包裡的手機拿出來，解鎖放著永望照片的手機桌面，拿給文時看。

「這是他剛滿兩歲的時候，每天都在咿咿啊啊的很聒噪，他可能比我還愛唱歌吧。」絮補充地說。

「笑起來好像妳。」文時笑開臉頰旁邊下陷深深的紋路。

「啊！我得趕快去安親班接他了。」絮看著文時遞回給她手機上顯示的時間驚呼，加快了收拾的速度，把鐵門撞得乒乓作響。

此時昨晚面試她的經理一下地打開了門，一手插在口袋裡吊兒郎當地走進來，大嗓門地跟絮打招呼，一個人就可以帶來一陣喧嘩吵雜的噪音，他靠近絮就失禮地摟住她的肩膀，絮聞到他身上嗆鼻的菸味本能地想避開縮緊了身體，他完全無視在旁邊的文時，不停跟絮說不要這麼早回去啊，到餐廳來我請妳吃頓飯之類纏人的話。

「妳剛剛說妳老公要來接妳了吧？從左邊那個後門出去比較快。」文時故意提高了音量說，走過去幫絮把後門打開。

絮順著文時安排的話從他手中掙脫，結巴地說老公已經在對街等她了，之後加快腳步離開。幾分鐘後文時也跟了上來，說要陪她一起走到公車站，絮不好意思地說了聲謝謝。

文時回答沒什麼不用在意，自己也是外包的員工而已不用怕他，邊走邊說那個傢伙素行不良，有很多濫用職權騷擾女員工的難聽傳聞，他岳父是餐廳的股東，是靠老婆關係才進來的空降部隊，他們私底下都叫他「那個女婿」，要絮之後看到他記得要躲遠一點。

絮後來也從來沒有忘記過這個時刻，他和文時踩著陣雨過後滿是水窪的馬路，看到紅綠燈即將轉黃的時候一起小跑步穿過車陣，在有些濕悶的空氣裡站在公車站牌前。

她低著頭看著自己沾滿黑色雨水的鞋尖說起她在婚宴場合上時常被騷擾，好像都已經習慣了啊，應該也要學會好好保護自己。

「這種事情不可以習慣。」文時立刻嚴肅地說：「是沒辦法提供妳安全工作環境的公司不好，妳不需要因為自己受的苦覺得抱歉。」

絮看著他認真的側臉愣住了幾秒鐘，很久沒有人跟她說過這種話了，每次面臨自己的苦她都被迫要視而不見的繞開，生活所有的事都比停下來喊苦這件事優先。

告訴孩子的爸爸他的態度永遠都是：「工作不是都這樣嗎？」、「來我公司上一天班看看就知道妳那根本小Case。」她的話語權就硬生生被掠奪、截斷，只能讓這些話藏身於沉默之中，繼續掩蓋傷痕散發出讓人難受的餘味。

天空突然又降下一陣又快又急的陣雨，文時看著絮走上公車找到一個定點坐下之後才轉身離開，絮不自覺一直看著他淹沒在雨中小跑步離開的身影。

下個星期正式演出的日子，絮又因為從昨晚開始就照顧腸胃炎的永望，比預定要抵達準備的時間晚了十五分，她只能抱著賠本演出的準備招了計程車，在飯店對面下了車全速奔跑。

到達休息室後才感覺穿著高跟鞋的腳後跟傳來磨破皮的疼痛，她喘著氣、撥著亂髮跟早就已經到達的文時打招呼，他還是穿著和上次一樣新的沒有一點皺褶的白襯衫，只是換繫了一條窄版的素色領帶，頭髮特別用髮蠟固定，一絲不苟地順在耳後。

絮把自己帶來的黑色小禮服從提袋裡抽出來，卻發現胸口有一顆扣子已經脫線，僅剩一條彎曲拉長的線撐著掛在半空搖搖晃晃，她無意識地：「嘖。」了一聲，整張臉都皺在一起想著今天到底是什麼天殺的鬼日子。

文時把她的反應全看在眼裡，敏銳地察覺到她的跛腳，立刻問：「妳的腳是怎麼回事？」

絮笑得尷尬說這個高跟鞋本來就不太合腳，剛剛趕著過來用跑的腳後跟應該是磨破皮了，文時聽了只是指著桌上用鋁箔紙蓋起來保溫的餐點和飲料說：「我幫妳順便領了晚餐，趕快坐下來吃吧。」說完就站起身開門往餐廳的方向走去。

回來之後他看到吃得狼吞虎嚥的絮，什麼也沒說地走到她面前，把跟餐廳櫃檯要的ＯＫ繃跟針線包放在桌上，跟她說吃完把腳處理一下，把絮披在椅子上的衣服拿起來，坐在對面拉開針線包，察覺他意圖的絮驚訝地開口：

「這怎麼好意思麻煩你，我自己來就好。」

「再二十分鐘就要上台準備了，妳趕快吃吧，還要換衣服跟補妝不是嗎？」

文時完全沒有停下動作，熟練地用小剪刀把扣子和脫落的線從布面仔細地修剪掉，再從縫線綑上剪下一段黑色的線，輕巧地穿過針頭打上細結，核對位置毫不猶豫地把針穿過固定，穩定的下針反覆將扣子縫緊。

絮看著他從容流暢的動作，就像上次看到他在玩轉魔術方塊一樣心無旁騖地凝神專注。

明明兩人歲數沒有差多少，對比自己總是毛毛躁躁的狼狽和慌張，她有點懊惱地用力咬下最後一口餐包。

他們準時上台開場，站在預演的位置，順利地開始演唱適合晚間用餐氣氛、曲調柔和緩慢的曲目。深斂適宜的布置、將他們聚焦在中心位置的聚光燈、客人之間輕聲細語不張揚的對話，甚至還有一對外國客人整場都正對著他們，喝著紅酒認真地聽他們表演，在每一曲結束後都禮貌地回以響亮的掌聲。

這一切都讓絜很不習慣，她用盡了力氣才能維持表面上的穩定，就算腳後跟貼上了OK繃，她走位時過硬的皮革擠壓傷口的刺痛還是讓人分心，她一直感覺得到自己嘴角不自在的顫抖和僵硬拘謹的肢體動作，也意識到文時一直在專心地觀察她，在她太在意周邊狀況而跑拍的時候，適時用即興的間奏輕描淡寫地帶過，讓絜整場都覺得自己是牢牢被文時接住之下度過。

結束後絜要走下舞台時，文時理所當然地伸出手，讓絜扶著他走下來，文時說：

「演出費領了之後，去買一雙好一點的高跟鞋吧，這是妳應得的。」絜笑得勉強，想草率地帶過這個話題，因為她領了錢之後通常只會盤算著怎麼分配處理掉桌上的帳單。

文時沒有走向休息室而是走往酒吧的方向，通常經理都會美其名是盯場實則是閒晃在那裡出沒，絜有些警戒地放慢了腳步，文時立刻說：「不用緊張，我打聽到他今天又臨時請假不在，我請妳喝一杯休息一下吧。這酒吧裡有很多無酒精的特調都很好喝。」

絮點點頭，想著這個人似乎有可以捕捉別人心思的能力，好像自己一個輕輕地眨眼都能洩漏出痕跡。她坐下來先打電話確認丈夫確實有待在家裡照顧永望，她必須用手塞住另一邊耳朵，收集到話筒另一邊傳來家裡的電視噪音、永望在旁邊撒嬌地吵著說：「媽媽什麼時候回來？」的問句才能安心掛下電話，文時幫她點的綜合果汁特調已經擺在她面前，她大嘆了一口氣拿起杯子不用吸管一下喝掉半杯，果汁的酸勁和冰塊的冷冽沖進她燥熱的胸口，整個人往柔軟的沙發椅墊癱陷進去，為了和丈夫之間的關係已經沒有任何得以緊扣的信任而覺得厭煩至極。

文時只是安靜地坐在對面，稍微把領帶拉鬆，額前的頭髮也掉了幾撮下來。他把點單用的鉛筆玩轉在手指之間，微微地笑著說這樣會讓我平靜，整個姿態非常愜意放鬆，將眼神看向已經用雙手抱住自己，縮捲在沙發上的絮：

「妳看起來已經燃燒殆盡。」

「我好睏。」絮承認地說，半瞇著眼都快閉起來：「昨天永望腸胃炎發燒，我幾乎整晚沒睡。」

「那妳就睡一下，瞇個二十分鐘也好吧，妳放心，時間到了我會叫妳。」他回道，開始設定自己的手錶，用指腹輕壓了兩下，傳出機械的電子音，接著就把放在他飲料上的迷迭香拿近鼻間，閉起眼睛嗅聞，他的表情很像先用氣味品嘗，讓鼻腔描畫出香氣，有種虔敬而歡悅的儀式感。

之後服務員靠近，送上了一盤甜點，是一塊搭配香草冰淇淋的溫熱蘋果派，他笑得眼睛都瞇成一條線，純然單純、孩子氣的雀躍，迫不及待地拆開放在旁邊用衛生紙捲起來的叉子，切下蘋果派三角形的尖端和著冰淇淋，要入口之前，還是先放到鼻子前面深深地嗅聞，才滿足地吃下。

「這裡的東西有這麼好吃嗎？」絮唇邊忍不住揚起淺淺的竊笑。

「是美味的食物啊，食物最棒了。無論在什麼狀況下食物都可以是獎勵。」他說著，又挖了一大塊放進嘴裡，用指尖擦去沾在嘴角的冰淇淋。

「食物甚至可以安撫疼痛。」

他幾乎把這句話含在嘴裡，但絮還是聽見了，她張開眼睛看向他時，他仍然開心地享用著蘋果派，但他說出那句話的瞬間，絮卻覺得每個字都像過重了一樣承受不住地重摔落地。

等到文時輕拍她的肩膀，跟她說末班公車差不多快到了，十五分鐘內會來的時候。絮才發現自己竟然能在文時面前睡著。她沙啞地應了一聲好之後，感覺自己睡到沉入深眠一樣模糊地睜開眼，文時站在她身邊，已經把她放在休息室的包包和外套、提袋都拿在手上，絮拿起桌上手機時看了一眼時間，她真的只如文時說的睡了大約二十分鐘左右，在定神一看身上甚至蓋著文時的外套，充滿一股乾洗過的柑橘洗劑香味。

她稍微坐著恢復清醒之後，發現自己的腳邊放了一雙黑色的半包頭拖鞋，一看就知道是男性風格的簡歛設計。

「那是我一直放在公司準備著有時要下班時會下大雨的時候換穿的，皮鞋淋到雨很容易壞，我也不常穿很乾淨。妳下舞台的時候都有點走不穩了，不要再拐著腳回去，妳先穿著吧，也不用急著還，反正我們這半年每星期都會見到面。」他的語氣平緩溫和，感覺不出任何勉強。

公車再五分鐘就要到站，她說了聲謝謝，有點不好意思地把外套遞回給他，脫下高跟鞋，把穿著絲襪的雙腳套進那雙黑頭鞋，雖然尺寸稍微大了一點，但終於解放了被疼痛禁錮整晚的腳。她起身接過文時手上的東西，和他一起加快腳步走出飯店。

「妳每次上工之前都這樣匆匆忙忙的，下次妳來之前，如果有什麼需要我幫妳先做的，可以傳訊息跟我說。」

上車前，文時留下了這句話給她。絜坐在公車最後一排靠近窗邊的座位上，平常她是不會選這個位置的，今天司機停靠時超過了站牌半個車身，坐在這個位置才能和文時好好地揮手道別。

絜看著窗外燈光漸漸熄滅的深夜街景，腳趾裝在過大卻柔軟的鞋子裡，她真的不習慣一下子承接這麼多的幫助，她習慣自己從來沒有呼求的對象，必須獨立完成的事總是將她往不同方向拉扯，每一個下刀都要截取掉她的一部分，讓任何人拿那些部分做成的補土，刮平一道縫隙。

開頭的幾個星期，絮還是很艱難開口請文時幫忙那些偶爾會溢滿出來的瑣事，直到某天總是擅長製造生活絆腳石的丈夫又因為朋友突然邀約而忘記去拿永望的生日蛋糕，直到絮要出發去飯店工作之前一整天都行蹤不明、完全聯繫不上。

絮只能萬般無奈地聯絡文時，說本來以為今天先生會回家，幫永望慶生，晚上自己出門工作他也能順便顧著永望，今天不得已，真的找不到人照顧他了，只好把他帶過去。

發完訊息她就牽著永望出門，一路哄著他說要帶他去媽媽工作的地方玩，吃好吃的點心。她臉上笑著和永望在到達公車站前玩著一步跨兩格的踩石磚遊戲，心裡卻是因為丈夫在孩子生日當天還是搞失蹤的行徑感覺如臨深淵，腳下的立足地已經從充滿裂紋的狀態開始大面積地崩落，她想要自己扛到最後一刻，還不忍心那麼快在孩子面前攤牌這一切。

帶永望進入餐廳後，已經認識絮的餐廳員工們都親切地跟永望打招呼，絮很慶幸那個難纏的餐廳經理又排了長假陪老婆出國玩樂，代理職務人盡職又很好說話，不需要低聲下氣地跟他交涉讓永望待在休息室。

文時此時卻從酒吧內台裡走出來，爽朗地笑著說：「這就是妳的小王子啊？」

接著說他都安排好了，等下表演的時候就讓他坐在櫃檯旁的位置，順便讓他吃晚餐，領班Cindy和所有調酒師都會幫忙照顧他，沒問題的。文時說著酒吧內場的人都笑著跟絮吆喝說交給他們吧！放心本吧絕不提供未成年人酒精飲品，妳回來他一定還是清醒的，然後大笑成一片。

突然接受一群人的盛情讓絮瞬間不知如何反應，只能微微地鞠躬說：「實在太感謝了，那就麻煩你們。」

接著讓永望過去文時安排的小圓桌旁坐好，叮囑他要乖乖吃飯、聽哥哥姐姐的話，永望大聲說好，一邊頑皮地在沙發座上用屁股彈跳，絮拿出他小背包裡的老皮玩偶放在他腿上，輕捏他的臉頰就起身做工作前的準備。

和文時一起走到休息室的路上，絮深吸一口氣，小聲地說：

「本來我想先帶他過來再想辦法的，我不知道怎麼感謝你……」

文時一貫輕鬆地笑著擺擺手：

「這有什麼。只是一個平常閒來無事單身漢的舉手之勞。」

絮在走上台前還特地望向永望的位置，永望已經在吃餐廳為他準備的兒童餐，還有酒吧招待他的一大杯草莓奶昔，永望發現絮的目光，開心地跟她招手還送了好幾個飛吻，絮才放心地開始投入工作。

上台時發現文時的鋼琴旁邊，多備了一支麥克風架，那是鋼琴手需要跟歌手一起和音演唱的時候才需要架設的位置，但是開場在即，她也沒時間多問，還是照著彩排的內容開始演出。

演唱到最後一首歌的尾聲，跟客人輕聲道晚安之後，打在舞台中央的聚光燈應該就要漸漸暗下來，但今天卻沒有，絮有些疑惑但還是放下麥克風，文時卻彈出一段生日快樂歌的即興前奏，打開那支架在旁邊的麥克風，跟客人說：「今天是這位美麗女士的小王子三歲的生日，借我幾分鐘幫他唱生日快樂歌好嗎？」

說著領班Cindy不知什麼時候已經把永望牽到舞台上，另一位調酒師端上插著一支彩色蠟燭的小蛋糕，永望一臉驚訝地看著也愣在原地的絮。

看到他們的反應文時笑著說：「他們母子都是被蒙在鼓裡的當事人，已經嚇傻了，給他們一點掌聲吧。」

絮在接受客人起鬨的熱烈掌聲時，才稍微回過神用雙手掩住燥熱的臉，肢體完全呈現不知所措的狀態。

把手放下來後，她拿起麥克風看向文時，文時專注地看著她，輕巧順暢地彈出幾個音，接著有默契地搭配絮唱出英文版生日快樂歌的節奏，她看著永望，唱出：「生日快樂，我心愛的寶貝。」還接著唱了一小段Jimmie Davis的You are my sunshine，熟悉懷舊的簡單歌詞讓全部的客人都一起幫腔合唱，讓永望許下三個願望吹熄蠟燭之後結束這場突如其來的慶生會。

絮要離開時，幾個也已經要下班的調酒師讓永望拿走他們裝飾在調酒杯上的小雨傘，還送永望到門口。絮走到公車站才覺得放鬆了嘴角，很久沒有一個晚上都在大笑的時光了。但把笑容收起來的時候，她還是感覺得到整個在身體裡面擴大的黑洞，所有細小的聲音掉進去都無法落到底端的深度，只有空蕩潮濕的回音。

文時依然陪著她走到公車站，一路永望不停地說話，走路到站牌前等待公車到站的時間裡，絮和文時都輪流地應答永望，絮走上公車後回頭跟文時說：「下星期見。」文時這次沒有揮手，只是雙手放在腰間看著他們直到車子離開。

永望上車不到十分鐘就累得睡著了，絮幫他拉好外套，知道他一定累壞了，他從小就是個有點怕生、不習慣過於喧鬧的場合有點害羞的孩子，今晚讓他一下圍繞在那麼多陌生人之間還突然上了舞台，他還沒有害怕的哭鬧，也讓絮意識到他轉眼間就長大的速度，像果實轉紅那樣毫無痕跡地養出自己的膽識。她也疲倦地靠在椅背上，看著疾駛在黑夜陸橋上的車窗清楚映現自己和剛剛反差極大的憔悴面容，讓塗上深棗紅色唇膏的嘴唇異常地刺眼。

她到最後一刻還在逞強著，不想讓文時察覺到她瀕危無助的不安。她閉起雙眼，希望自己埋得夠深吧，這尊嚴是她深陷在淤泥之中唯一的支撐。

到了家附近的站牌，絜用盡最後剩下的力氣背著永望回家，自從上次磨破腳跟的教訓她已經學乖帶了一雙換穿的布鞋，但她仍然走得有點不穩搖晃，大概是因為腳步正在慢慢接近那個被水泥塊一樣的難題封死、只剩下一個空皮囊的家。

打開家門，她還是試著用哄膩的語氣跟肩上的永望說：「我們到家囉。」

客廳裡擺放東西的位置和氣味都跟他們離開家時一模一樣，打開門她就預料會見到這樣的光景，不管任何事、任何時間，這空間總是少了一個人參與的痕跡。

她把永望先放在沙發上，讓他再睡一下，打算先換下衣服，把顯露自己整個下午焦慮不安、讓物品隨手分散在不屬於它位置的混亂收拾乾淨，換穿上家居服之後，絜從房間出來，看見擺放在桌上的手機閃爍著提醒訊息的光亮，她立刻拿起來查看，螢幕上顯示著一條文時發來的短訊息：

「妳好像一整晚都撐得很辛苦的樣子，還是找個隱密安全的地方，好好地哭一場吧。」

她看完後立刻整張臉都皺在一起，用掌心摀住已經要溢出哭聲的嘴，衝進廁所把自己反鎖起來，打開蓮蓬頭之後衣服也不脫地坐進浴缸裡，把臉埋進膝蓋中間痛哭了起來，想要將已經燒紅了整天的思緒冷卻。

她一直忽視著自己不想看清楚的掙扎背對著所有，藏在只留下一個透光孔洞的地方，為什麼不堵住所有的光線，是因為還期待著自己不要臣服於習慣黑暗，希望還有誰會試著將眼睛靠近這個孔洞，在最狹小的視線範圍裡發現她。
她淋了一個多小時的冷水，幾天後就病倒了。文時知道了之後說要帶些營養的東西來探望她，他也只是站在門口和永望打招呼，把東西留下叮囑她好好休息，就離開了。他的作為時刻都謹守著一條看不見卻壓實在內心的分寸。絮知道必須認清自己仍然身處在這段已經衰亡的婚姻裡，是長年惡寒中的積雪，擋在彼此中間難以融化。
結束了半年在飯店的短期工作之後，他們仍然保持聯絡，只要彼此接到演唱或伴奏的工作就會推薦對方一起接下的合作關係，他們用這個理由挖出一條細窄而能接通對方的暗道，不能完全阻隔現實的干擾，但也私密地僅能聽見彼此的聲音。
絮在某次見面時難得看見滿臉鬍渣的文時，他說因為排了一星期假，太放鬆了索性就不刮了，還給鬍子幾天生長的自由。她順口說了一句：「很適合你。」
文時就為了她這句話留了一段時間的鬍子。傳訊息時跟她說：「現在吃東西都要注意有沒有沾到鬍子，有的話就要去洗手間像洗拖把一樣洗乾淨。」絮就會露出只有在看文時訊息時會露出連眉眼都舒展開來的笑意。
私底下見面時，去餐廳吃飯、去動物園玩，絮都帶著永望，有點刻意，也像提醒，提醒自己此刻的身分不允許多餘的分心。絮會在日曆上註記這些日子，讓上面的時間終於不是只用帳單的繳納到期日來計算，就像長期身處在汙濁的水中，能短暫地浮上水面換氣。

就算絮的婚姻像浸水一樣分解，變得越來越淡。他們也僅有一次兩個人單獨出去，聽一場音樂會，那天是初冬的夜晚，文時在開演前從自己的口袋裡拿出暖暖包塞到她手上，絮整場都握在手中，感覺自己像用文時掌心的餘熱取暖，但也僅止於此，他們一直在越界的邊緣保守著對望的距離，不會走遠，也不能再親近，文時在結束後立刻陪絮走到車站，全程都舉止合宜、規矩地送她離開。

那天晚上絮在走到車站的途中，跟文時說下次想試著表演Simon and Garfunkel二重唱的*The Sound of Silence*，文時毫不猶豫地說好，下次約在朋友的鋼琴酒吧，好好地練唱吧。他們走在夜風裡一起合唱這首歌，一個人忘詞另一個人就負責提醒，要是兩個人都忘了的部分，就笑著哼著旋律馬馬虎虎地帶過。離開之前，文時依然一如往常溫和地笑著和她揮手道別。

絮回想起來，那個笑容卻像燈泡的鎢絲燒斷之前最後閃爍的光亮。燈泡發出燒斷的聲響，四周就陷入一片全暗，是眼睛都無法適應的，連自己都看不清的純粹漆黑。

文時第一次感覺自己被監視，是在絮推薦工作的餐廳，他在幫鋼琴調音的時候，聽到吧檯正在做晚班交接的兩個員工，談論他昨晚睡前腦子裡想的內容。

他注意到有個戴著藍手鐲的客人一連來兩天，都坐在同一個位置，盯著鋼琴椅的方向用菜單遮著嘴向吧檯的人竊竊私語，然後一起笑起來，那個笑聲尖銳地變成讓他坐立難安的刺點。

文時回過神來時總是冷汗直流，襯衫整片貼附在背部，雙掌反覆搓揉抓緊膝蓋，把昨天用同樣方式造成的紅腫變成瘀傷，彈出來的琴音像全部摔在地上碰撞反彈的噪音，他神經質地碎碎念著：「怎麼可能？我昨天才調好的，一定是有人動過它。」

有人想讓他難堪，他很確定。連琴譜都被替換成他從未看過的編排，音符只是布滿紙張的黑色空洞，手指再也找不到對應的琴鍵，感覺像有人把他腦袋裡曾經的經驗、記憶和思考都攪成一團無法辨識的漿糊，只有一種被害的想法如同一個針尖瞬間刺破他緊繃到極點的情緒。

他按捺不住衝動到吧檯前破口大罵，卻沒有人聽得懂他在說什麼，都是一臉茫然跟驚嚇的表情，在領班準備打電話報警之前，他奮力掙開攔阻他的人逃離了那裡。

太像了。

文時邊跑邊忍不住抽噎地哭泣，母親去世的前半年，她突然和文時說她開啟了陰陽眼，接通了天聽，總是說半夜看見去世的父親在門外遊蕩、大聲唱軍歌，隨時都指著一個空蕩的地方說著怪異的形容，他以為母親只是太不安了，還不習慣父親去世後的生活，而他當時一心想要籌夠在外租房的資金搬離家裡，沒日沒夜地打工，沒發現當時其實是這個就像附身一樣降臨自己身上的陰影占據了她。

文時回到租屋處之後，用顫抖的手指想要傳簡訊給架，想跟她道歉，搞砸了她推薦的工作機會，他不知道花了多久的時間，直到手機沒電螢幕陷入一片全暗，他不想再凝視自己反映在屏幕上的表情，隨手將它扔到床角再也沒有開機。

他開始足不出戶，也鮮少有飢餓的感覺，彷彿身體一下進入維持最低頻機能的冬眠模式，只是長時間在自己的租屋處呆坐，坐在一個能清楚環視屋裡每個地方的角落，把原本放置夜燈的邊桌移開，剛好可以容納自己抱著膝蓋的身體，本來就只放著簡單必要陳設的室內一片漆黑。

半夜兩點，已經數不清多少日子完全無法入睡，兩天前他開始覺得可以聽見燈泡裡的電流，像竄進腦袋裡導電一樣干擾，導致現在連是否要把燈打開都掙扎許久，身處在黑暗裡他必須無數次清點每個物體的陰影是不是它原來的模樣，只感覺意識和四肢重得像石磚，不想再起身第十次查看電視機，儘管已經把電源拔除，他還是強烈懷疑那個叫他跳下樓的聲音是從那裡傳來的。

把門鈴拔除，手上的封箱膠帶反覆地撕下又黏回，無視手指黏滿殘膠，每個門縫、窗縫、衣櫃、抽屜都封起來了，全部的家具都推離開牆面三公分，他拖著腳步站起身，把杯子的底部也纏滿膠帶固定在桌上，明知道這樣也無法阻止無孔不入的聲音，也沒辦法堵死幻覺的路徑，只能一臉木然地看著自己把接下來的人生都裝箱封死一樣坐在角落。

那天從餐廳逃離之後，他就再也感受不到當時潰堤出沖刷一切的激動情緒，彷彿蒸氣似一點點從他體內揮發、消散無痕跡，但他卻覺得這種感覺異常地熟悉，他總是習慣生活裡有著棘刺、尖銳、鋒利的處境帶來的壓迫，長時間地承受著疼痛的強度以及利用黑暗當作藏身處，可以毫無所覺地用慣性來止痛。

還待在家裡時，他總是要聽到父親半夜鈍重的腳步聲經過房門口，門縫底下透進的光線隨著他的步伐造成斷續的黑影，直到確定他熄滅了家中所有的光源，才是他一天之中真正覺得安全的時刻。

此時他又看見大門的門縫底下閃動著徘徊腳步的陰影，窗面也微弱地透出人影的輪廓，還有不停喚他名字的聲音，他從喉嚨發出不安的吼聲，他從未聽過自己發出這樣的聲音，彷彿正在被另一個看不見的生物從背後拖行，他慢慢用腳跟移動著身體退進角落更深的黑暗裡。

絮看了一眼手上緊握著手機屏幕顯示的時間，站在文時租屋處的門外已經超過半個小時，屋內沒有燈光也沒有明顯的人聲動靜，門鈴似乎也已經壞了，她嘗試敲門和輕喚他的名字也沒有任何回應。

她捏緊手上裝滿物品的紙袋，就是沒辦法轉身離開。紙袋裡放著的都是文時那天逃離餐廳時沒有拿走的所有隨身物品，知道這件事已經是發生後的兩個星期，領班經理才一臉尷尬地說出那天發生的事情，絮和他只是工作上偶爾合作的關係，不算十分熟識，他講話似乎刻意避開一些不好的字眼，最後才說出那句：

「他看起來好像中邪了一樣。」

絮那時才想起文時近期最後傳給她的一封訊息，就是那天晚上發送過來的。是一封完全沒有意義的亂碼，字和符號隨意拼湊，從此之後他的電話就再也打不通了。

今晚是悶熱無風的初夏傍晚，文時的租屋處遠離馬路，整條走廊只有靠近電梯的一側亮著昏暗的日光燈，天色漸暗，絮在準備離開時聽到屋內傳來了幾聲低吼，她將耳朵貼近門板，聲音開始忽大忽小地持續了幾秒，那音頻聽起來像一隻正在模仿人類發音的初生獸類。

她本能地退開，呼吸開始變得急促，本來聽到屋內有動靜她應該要再敲門確認，但雙腳卻不自覺帶著她快速離開門邊，她小跑步起來，按了下樓的電梯慌張地衝進去，她縮緊肩膀，狹窄的空間充滿她呼吸的聲音，腦子裡不停迴盪著餐廳經理說：「他像中邪了一樣。」

她知道自己害怕到根本不敢再確認屋子裡的人到底發生了什麼事，電梯要開門之前她都緊盯著樓層一層層亮起的數字鈕，不想看向旁邊四面鏡子都清楚映照著自己那張充滿恐懼的臉。

絜在那一天後再見到文時，是一年三個月過後，醫院的精神科慢性病房。

那天晚上回家後她仍然故作鎮定地打理好日常事務，一整夜都感覺不到睡意，呆坐在餐廳的椅子上直到聽到自己手機每天早晨設定的鬧鈴響起，無法抵抗內心盤根錯節的壞預感，把永望送到托兒所後她又再回到文時的公寓，向警衛打聽房東的聯絡方式。

她跟房東還有里長陪同將房門打開，一股沉悶、淤黏又複雜難聞的氣味馬上飄散出來，裡頭漆黑地像是一個潮濕隱密的洞穴，里長率先走進去，發現文時已經虛弱地癱倒在角落，但在許久沒見到的光線跟陌生人靠近的刺激下他還是激動地想要掙扎起身，發出驚嚇的怪叫，身邊散落的都是不明食物的殘渣，還有已經酸臭的乳製品，手上骨頭清晰地浮現，滿是紅腫和青紫色的傷痕，雙頰黑鬱，眼神完全無法對焦，明明是初夏的中午他卻裹著一條厚毛毯。

絜實在忍不住用手掌摀住口鼻，感覺到無法言喻的衝擊，平常的文時是一個自律、嚴謹、整淨甚至過度節制的人，為什麼會一瞬間似乎粉碎成一團無法辨識的粉末一樣？身邊一下聚集包圍了不同的混亂和噪音，救護車的警笛、擔架展開碰撞過窄的門、文時無法拼湊出意義的喊叫，都已經遠遠地超過她的認知和能協助的範圍。

她只能越來越退後到一個不干擾他們行動的牆邊，醫護人員把他抬上擔架前，抽走了他手裡緊握的物品，所有傾倒、凌亂、腐敗和被膠條封死的空間裡，似乎只有這樣東西讓他認定毫無危險性，絮立刻認出那是他們一起去動物園的時候，在園方慶祝新生企鵝命名的背景板前拍的一張拍立得照片。

他在擔架上縮成一團，不停顫抖地重複著：「拜託不要讓他們跟過來。」絮只覺得思緒根本沒辦法跟上這些逐漸消失的點，這些線索再也無法相連成線，似乎正在親眼目睹一場惡夢成真，她唯一能做的只有全身僵硬地彎下身把那張照片撿起來，像他一樣牢牢地握在手中。

他被送進附近的市立醫院治療，絮為了處理永望要換新托兒所的事情，五天後才去醫院想探望他時，護理人員說他前天晚上就已經轉院了，她不是家屬，基於維護病人的隱私，也不能透露他轉去哪家醫院。

那把和文時曾經一起對坐的椅子，另一端成為了沒有時限的空席。她常常看著文時緊握的那張照片，卻再也不覺得自己曾經置身其中，只剩沉沒的橋、一條通往水底的路。都還沒有時間釐清文時在自己心裡正確的位置，這份心情就像不停往深處蔓延的根部，還在頑強無盡地生長。

文時之前曾經跟她說過，他對聲音越來越敏感。冰箱的馬達、隔壁鄰居手機的提示音、水龍頭滴水，甚至衣服纖維的摩擦聲，有時就像不停在耳邊環繞飛舞的蠅蟲一樣支離他所有的專注力，睡眠也變得破碎凌亂。她當時只是回答他自己在生下永望之後睡眠品質也變差，一夜總要醒來好幾次，那段對話就變成文時只是專心地聽著她說完那段時間的遭遇，她當時還為彼此能交流這些沉落在生活底部最私密的片段而感到高興。

現在回想起來這些都是清晰可見的、點滴蓄集的徵兆，在發生的瞬間成為必然。

將近一年後她收到一封信，制式的橫式信封上印著醫院的名稱，裡面僅裝著一張用押花製成的書籤，完全手作的質感，襯底的兩層不同顏色的紙張邊緣裁剪得歪斜粗糙，穿過紙繩的洞口起了不平整的毛邊，花瓣零零落落地垂掛，右下角用簽字筆寫下「給絮」兩個字，黑色的墨從字的每一畫末端暈開，但還是隱約地可以認出那是文時的字跡。

絮有點恍惚地想著，他在桌前微微地屈著背寫下她名字的模樣，已經好一段時間有點困難把他的身影想像得具體完整，聲音也逐漸變淡，但總是能記得他喚自己名字時候的語氣，一點不明顯卻總是能在記憶裡被察覺到的氣息，他是不是仍然在水中，看著她的倒影遠比此刻在岸邊徘徊不走的自己還來得清晰。

她好一段時間才說服自己提起勇氣上網查詢這家醫院的精神科慢性病房，有開放親屬以外的關係人探視，她決定安排後天上午的時間去探望他。

但在去醫院的路上，直到要走入病房之前，她卻開始感覺到每一步都在閃避會讓自己落下的洞或踩碎什麼一樣舉步維艱，一路上她都在往自己身上戳針似的自問：

我真的知道他是誰嗎？

她想起有一次在飯店的休息室，他脫下襯衫從鐵櫃裡拿出換穿的便服，穿出白色背心的兩隻手臂下方都有兩道被利器切劃過後長長的疤，突起增厚的皮膚留下顯眼的灰白色痕跡，這是他全身淋滿傷痕燃油，易燃的警訊。

她想著也許這些展示舊傷的時刻，其實一點也不鋪張，寂靜地起與滅，傷痕裡沒有秩序，可以自行癒合也可以一直展露著最鮮紅的肉，讓她從來也不曾察覺。

和護理師報上他名字的時候，她覺得自己彷彿說出了一個不該被說破的祕密。通過醫院的安檢，離見到文時只剩幾步之遙，她手指冰涼，只是被動地配合所有指示，腦中只剩下不停閃動的雜訊。

如果不是護理師指向那個地方，那張桌子上坐著的人，絮完全聯想不到那是文時，她完全沒辦法想像他還可以比那時在房子角落裡的他更加殘破。但那個側臉的輪廓、姿態、身形、甚至那雙彈琴的手，像是斑駁牆壁上少數留下的漆塊，還能隱約辨識原有的顏色。

他坐在椅子上，彷彿少了最重要的零件一樣低駝著背，脖子到頭部如同垂掛的物件，頭髮比最後一次見面還要長了許多，他右手放在桌上，拿著鉛筆，磨鈍的筆尖抵在寫滿散亂文字的筆記本上，結凍般地動也不動。

絜坐在他對面，好一陣子都無法開口，再也不識字一樣，她不知道什麼話語配得上眼前的情況。他手上鉛筆的筆尖從一個字的筆畫中拋畫了一條分線，跟著眼神一起定格在尖端的一個點。

「文時……？」她從來沒有在清楚知道對方是誰的狀況下，還用如此不確定的口氣叫出他的名字。

他沒有任何反應，身體開始維持一個頻率地前後搖晃，絜感覺正在面對一道被焊接封死的門，他看起來像鐘擺、節拍器、標本那樣充滿物品的質地和色澤。到了這個時候，絜反而感覺剛剛所有被恐懼掀起的情緒都開始落地平息，只剩下一個單音一樣簡單的問句：

「自己究竟還能為他做什麼？」

他持續地搖晃，食指摳著拇指旁的死皮，右手鬆開，鉛筆一下滾落地面，絜彎腰替他撿起來，放回筆記本旁邊，絜看著寫滿鉛墨的筆記本，她有點猶豫卻還是將手放到筆記本上，用最慢的速度移到自己面前。

翻開的那一面寫滿各種語意不明的斷句，像浮在水面漂流、身在大火的濃霧之中、在沒有任何出口的房間裡寫出來的字句，每個字都不是用邏輯組成，而是沒有任何意義的被單獨拼接在一起，有些畫滿了眼睛和自創的符碼、奇異的圖騰，絜再往前翻，直到開頭的前幾頁，才開始出現絜記憶裡熟悉工整的字跡。

今天醫生問我：「你知道自己到底在抵抗什麼嗎？」

我回答：「我學琴是為了報復父親。他死了之後只要是他輕視的、羞辱過、認定為娘娘腔的事物，我都會故意去嘗試，我就像對他留下的扭曲價值觀動用私刑一樣地繼續冒犯他，換我把他狠狠踩在腳下。」

絜讀到這裡開始有點發冷，身體忍不住微微打了個冷顫，她深吸一口氣往下翻，有幾頁是單純地記錄在這裡接受療程的日常經過。

早上七點起床、吃飯、做基本檢查、做早操、吃藥、吃藥後的精神狀態和身體感受的變化、他討厭的伙食菜色是炒木耳、想念的零食寫了一串，尤其在巧克力夾心餅乾的那一項打了星號、十點熄燈、他如何幫自己的幻覺命名、用簡單的圖畫畫著幻覺的模樣，有人形、四腳趴地的野獸還有各種不成形狀的物體，都是黑色的。

幾個病友的狀態，一個自稱自己是能召喚世界末日的神，另一個總是在一張長長的紙卷上寫上各種人名，每天不斷地重複分類，這個是壞人，那個是好人，這個我昨天才見到過，但其實根本沒有。

接著用紅筆寫下：「我們只是在醒著的時候做夢，居住在鏡子裡反面的世界，我們看到的現實和你的現實完全不同而已。」

最後一頁似乎是暴風般的混亂徹底將他捲入之前，他抓住最後一根稻草寫下的段落，字跡已經開始充滿凌亂鬆散的結構：

「今天我想從四樓的逃生窗跳下去，但沒有成功，被男護理師拉了下來。他們都問我：『你想自殺嗎？為什麼想死？』但並不是這樣，是從凌晨開始就有聲音在我耳邊一直說：他要來了。要來把你這個廢物的內臟從嘴巴裡扯出來了。

我並不想死，我是想要逃走，我是想要活下去。」

絮的眼睛一直無法離開從「我不想死」開始越寫越膨脹放大、筆尖似乎要刺破紙面的「活下去」三個字。感覺文時不知何時停止了搖晃，她抬起頭，立刻嚇了一跳睜大雙眼，文時已經坐直了背，和她雙眼對視。

絮不知如何形容那雙眼睛，像單純淤積在眼窩裡的黑色物質或睫毛和眼皮在光線下的空洞裡形成的陰影，沒有任何生息的木然，只是黑色的鏡面折印出絮的臉。

但絮感覺得出來，文時努力地想要把她看清楚，費力控制眼中的焦距一樣眨動眼皮，嘴角緩緩地上揚一點不明顯的微笑，此時文時的臉在絮的眼中瞬間被淚水模糊，她終於看見曾經的文時薄弱的輪廓，還蜷縮在疾病的迷宮裡一個安全、不清晰的角落。

幾乎在同一個時間，護理師走進病房提醒絮探訪時間結束了。絮看著他，捏緊雙手還想著要跟他說些什麼，護理師輕敲了兩下房門，說小姐麻煩請離開囉。

絮只能在站起身之前，撕走他寫著想念零食的清單，吞吐地說出那句她唯一能說的話：

「我一定……一定會再來看你。」

她一回頭，眼淚就全數落了下來。一出醫院，她立刻去商店收集了那張紙的每一樣零食和所有牌子的巧克力夾心餅乾。

文時在這裡感覺地面總是在震動，像待在最活躍的地殼上，步伐跟著搖晃。症狀嚴重到他開始跟幻覺對話的那一刻，他決定不再見任何人。

磁磚的線總是曲折不齊，眼見所及都是灰燼一樣漂浮落下的碎屑，不容易入睡，睡了總是多夢。夢見在一片漆黑裡有點點的塵屑在發光，聚在一起，遮蔽了所有視線的塵埃，有剔透的雜質，所以閃閃發光。

雜質裡充滿只要放開手就可以被這片黑潮徹底帶走的所有東西，沒有一點實感。以為在夢裡可以拾起什麼帶回清醒的時候，但夢裡的疤痕，連痛覺都沒有。像散盡的火花，睜眼瞬間就流逝，試圖抓取和留存只會消失得更快，如同想將冬季的一切遷往夏季，然後看著它們漸漸融解乾涸一樣。

完全的無能為力。就像每天都徘徊在夢裡。棲居在組不成形的殘像、沒有重力的空間、無法記憶起的臉、串不成編碼的秩序裡。偶爾因為藥物短暫地回到現實，面對手裡似乎拿著一把利剪，在現實裡造成分割一切無法還原的力量。

病房裡總是有不該在那個時間點出現的笑聲，像從真空深處傳來的咆哮，有時又只是安靜無息地聚在一起摺紙、畫圖，沒有任何電視、手機發出的電子噪音，只有奚落而怪異的各種人聲，他今天總覺得地底有岩漿在伏流，都踮著腳尖走路，坐在桌前也把雙腳放在椅子上。隨時隨地，腦子裡都有插播一樣的旋律，有時像鋼琴不停死板敲擊的單音，有時是雜訊一樣分層斷落的人聲。

絮早上來過，只要她過來一次，他就會在筆記本上畫下一個紅圈，能跟她對話的時候就是實心的圓，她如果只是站在門邊的窗口和他揮手，就是空心的圓，半年間，累積了十個圓圈。

吃完三條巧克力夾心餅乾的時候她幾乎就會過來，有時他辨別不出味道，巧克力餅乾和甜膩夾心內餡咬碎混在嘴裡像是砂礫塵土，但他還是會仔細咀嚼再嚥下，終於連曾經如此賴以慰藉的食物都像失去了藥效一般，更讓他清楚地意識到自己真的又跌入了一個動彈不得的岩縫之中。

他有很多問不出口的事，像是為什麼絮還要執著的一直過來看他，也不懂自己為何要將自己在復健課程手作的書籤寄給她。現實和他的關聯僅剩下最後一條狹窄的縫隙，她是僅存的能讓他從這條縫隙投遞訊息又願意接住的人。

她每次都要和當時在餐廳的休息室見面時那樣，慌亂毛躁地撥著頭髮塞進耳後，眼神無法定焦，手上無意識地揑著紙巾或衣服的綁帶，不停地陷入要跟他說什麼的尷尬困窘裡，最後還是落入只能重複問候近況的輪迴。

為什麼要跟著自己一起待在一個無解窒息的疑問之中？

幾乎同期進來的男病患從走廊盡頭腳步刻意走成Z字形地向他走來，據他說這樣可以避開隨時會從後面偷襲的子彈。手上拿著一副邊緣已經脫落露出白邊的撲克牌，用手把牌俐落開成扇形湊到他面前。

「開獎時間。」他說，臉上綻開燦爛到露出整排上牙肉的笑容。

文時機械式地抽出幾張牌，攤在桌上他馬上掐起手指比畫一陣，搖頭晃腦一邊喃喃自語：

「習坎，有孚，維心亨，行有尚。困。前後都有危險，習慣於危險。」

文時難得抬頭看他，從小到大，自己確實總是腹背受困，才剛開始站穩一點前方就再度有落石和坑洞讓他踩空，總是在尋找逃生路線安之若命，習慣於危險。

他說完之後就把牌收好放回口袋，開始手舞足蹈地唱起今天中午在例行的卡拉OK活動裡胡亂哼唱的台語歌，文時跟另一個聽說進來之前曾是醫學院研究生的女性從來都不參加這類的活動，他們總是會被安排在同一個空間，卻連眼神都不曾交集。

這是一種只能跟自己仰賴相依的全然孤獨，像在地底深處安靜獨自地採集礦石，只能和恐懼相擁的唯一親密，他試過每個人在聆聽完之後都會丟回一個簡化的東西，這樣就不必和他的境遇複雜糾纏在一起。

他們環看一遍，近乎草率地、巧妙地避開他們最害怕用到的詞語，還給他一個最接近碎片、無關緊要的離題，就算偏離了軸心，轉動成逆時針的方向，只要可以繼續運行就好，但他很明白，每個人都將自己好好地藏身在堅固的掩體之中，只要不近身到確實與他面對的這一切產生關聯，都可以用最輕又簡便的詞語概括，確定拉開距離之後，只要掩體安全如初，一切都不算數。

在無關底下似乎就能一身清淨、看得明白，這種天真裡會自動忽略那些從不結痂的疤，他也想過自己是不是也曾經因為無關的輕便，也僅是單單環視了一遍，離理解太遠的時候，就給了誰他當下最不需要，那些過盛只有重量的東西。

誰都無法為自己準備答案，也只能教他一起簡化甚至看輕眼前的一切，他知道那是僅能旁觀的無能為力，只能顧全自己之後唯一能分出的一點點力氣。

絜在入夏之前的某一天來探訪，帶著她和永望一起做的紅茶凍。不管是書、用品、零食，只要不是醫院規定的違禁品，絜都會盡量為他帶來。那天偶然的，跟窗外光暈刺眼的陽光一樣，他的狀況特別好，天氣很久以來都和他無關，他能夠清醒地和她找一個可以曬到太陽的位置，跟她一起用日常的速度分食一個紅茶凍。吃完後他們再度陷入漫長而小心翼翼的無語。

絮突然說，我來幫你梳個頭髮吧。

她從包包裡拿出易於隨身攜帶的排梳，站到他身後，專心一致地幫他把頭髮畫出許久不見的分線，把瀏海往前梳，把耳後的髮鬢順得服貼，細細地刷齊髮尾，她的指尖偶爾會畫過他的耳殼、後頸和額頭，感受到許久沒有接觸到另一個人傳來的溫度。

力道輕柔一如她能分給他僅存的一點點力氣。

送她離開的時候，手撐在門上一如往常地傳來手臂上疤痕緊繃著皮膚的拉扯，回過身後，仍然是一個宛如在全白無菌室裡重新把自我培養起來的生活。

他只能希望在被疾病削弱到薄如紙片的意志裡，還能分辨得出脫困的方位，走過一步就不再顧盼，已經抵達了沒有什麼足以再讓他回頭望的底部了。總有一天一切都新又殘破。就像之前的無數次一樣，臨過之後，都是身外之物。

3.

她終於不得不承認，結婚是她年輕時最初的失足。

時鐘走向半夜三點，她坐在沙發邊，手裡反覆滾動著三顆形狀不同的藥丸，掙扎要不要吃下。那是在生下永望之後，她適應不良出現嚴重的焦慮症狀，來回去身心科看診半年的藥物。她那時沒跟任何人說，更不敢跟丈夫提起，他當時正忙著償還賭博留下的債務，更怕別人說她是個不適任的母親，無法對自己親生的孩子產生豐沛自然的母性而強烈地內疚。

當初剛結婚時買的二手冰箱的馬達發出讓人不耐的巨大運轉噪音，本來不該出現在安靜空間裡無法忽視的干擾，絮想著這就是文時和他每天都要承受的。文時，她越來越常想起他。她甚至把每次去山上看他的巴士票根收在錢包的暗袋裡，竟然已經成為這種感到空氣都變得稀薄的日子唯一的寬慰。

和丈夫爭吵變得頻繁而激烈，一次一次加大了力度，有時為了錢，有時為了永望，他們已經很久沒有同桌吃飯，很久沒有直視對方的眼睛，甚至無法待在同一個空間一整天。煩悶、無語、壓抑的火藥隨時都瀰漫著一觸即發。一起爭執到最後一定是他不耐煩地說：「現在可不可以先不要拿這個來煩我？」

就把自己關在客房整晚，或甩門出去兩個星期左右才會回來，中間音訊全無，每次都只是再造成一個裂口從來沒有復原，長久以來的相處模式已經破爛得體無完膚。

今晚他回家時，絮正站在廚房洗碗，他靠近餐桌從口袋裡拿出一疊捲皺的鈔票丟在桌上，誇張地嘆一口氣，語氣滿滿鄙視地說：

「反正妳就是要錢而已嘛。」

絮沒有回頭，當作沒有聽見似的繼續擦拭碗盤，只是用力地拉開碗櫃，碗盤發出響亮的撞擊聲。

他發出冷笑，像吐口水一樣呸了一句低聲的髒話，繼續說：

「當初就叫妳拿掉妳硬要生，現在日子苦了又要在那裡哭爸哭母。唉。娶到妳然後又生了房間裡那個，都是賠錢貨。」

絮回想到這裡倒抽了一口氣，甚至胃都開始絞在一起隱隱作痛。腦袋裡無法控制地反覆播放他說這句話的口氣。

他曾經是她駐唱餐廳的調酒師，拿了幾個小獎，有點名氣，和他聊天時總是眼睛有神地說著他對將來的各種規畫。絜年輕時常常對這樣直率又自信的人著迷，像他們身上鍍著一層她從來沒有過的光澤。他對絜的好感也很明顯，兩個人很快走在一起。

交往一年多後意外懷孕，他的態度一直有些閃避猶豫，在雙方家長軟硬兼施的態度施壓之下，他才勉強同意結婚。而她總是不習慣說不，只要顧全大局地隨波逐流，對大家都好，她個性如此，一個笑臉迎人、溫和無害的好女孩。只要保持這樣就不用和任何發號司令的人，對抗到遍體鱗傷。而身體也因為孕期開始變化，生命已經在身體落實一個準備降生的週期，就算其實心裡很明白自己的全身心都沒有準備好要迎接新生命到來，她也總是學不會拒絕。

剛開始他也看似很有衝勁和信心，貸款在市區買下一個兩房的舊公寓，說現在自己是有家庭的人了，不能繼續做調酒師這種日夜顛倒、賺錢又慢的工作，開始和朋友到處打聽研究各種投資。

直到絜在某天下午接到房貸每個月定期扣款帳戶的銀行打來，說帳戶餘額不足。但丈夫告訴她開戶當時就把他們一起存的共同基金和長輩願意支援幫忙的一筆錢存進去了，而那筆錢足夠繳交近三年的房貸。

他好一段時間才願意坦承，他聽信朋友把那筆錢拿去下注運動彩券，全部輸光了，他輸了不甘心，還跟幾家銀行再信貸了一大筆金額想加倍贏回來，也都賠了進去。

從此開始，日子就剩下各種隨時就會爆裂的謊言、失信、逾期和違約，連電話費都可以被催繳，信用卡只還最低金額。逼得絮不得不在坐完月子之後，絞盡腦筋思考能找到分割出時間來帶小孩的兼職。

就好像一瞬間什麼都被掀開，赤裸難堪得沒有任何遮掩一樣。丈夫在欠下大筆債務的一年之後跟她說他已經解決一大半了，靠得是操作股票當沖，表情炫耀似的滿臉得意。她想著總算可以鬆一口氣三個人好好過日子的時候，卻被婆婆約出去，一臉愁容地跟她說，這筆錢是他們兩老解約了儲蓄保險幫忙還的一部分，兒子鬼迷心竅一心只想快速搞大錢，希望絮能幫忙勸勸他。

絮無數次苦口婆心地跟他說，自己沒有什麼過好日子的奢求，只希望一家三口能幸福平靜地過日子就好。他表面上信誓旦旦地答應她，甚至當面發過毒誓再也不碰賭。但他卻變本加厲地和朋友合夥消防設備和二手車相關的詐騙公司，公司被警方抄掉的那一天，他只是因為蹺班去找朋友，兩家公司也都沒有掛他的名字，才沒有被逮捕。

絮終於承認她的丈夫就是一個過度膨脹的氣球，內裡都是輕浮的氣體。這些事情她總是最後才知情，就像每次面對的都只是一個燒毀到只剩空支架的殘局，婚姻生活裡擺滿了需要隨時辨認真偽的贗品。當初讓她著迷的光澤，只是反覆塗裝的假象。

絮感覺對這個家關於以後的心願已經幾乎沒有了，應該說，它慢慢地縮小了，失去水分一樣地縮成一個滿是皺紋的物體。

她只是維持緊抓著一切不放的樣子，所以總是無法停歇，如果停下就需要面對不堪留下的顯眼破壞，從結婚的那一刻開始就是曲折地不停繞路，而且是繞了一大圈還是回到原地的那種。在路程裡迷途的時候，她一直忍耐著不要試著求救，明明知道只要開口，還有機會可以走進不同的路，但她每次都堅持自己走完，然後期望這次會有所不同。

她的堅持已經老舊得像是一個不合時宜的笑話，她已經習慣於把疑問清空，只留下最基本模式那樣的活著，避免任何顯眼的碰撞，也不移動任何物件，發出多餘的聲音，沒有那些裝修過去未來地複雜性，只是站在這裡，站在一個臨時搭建的地方，謹慎小心地只為了維持一個原狀，花費了那麼多無謂的力氣，明明只是徒勞而已。

她再也感覺不到悲傷，只是站起身來，把所有的藥都丟進垃圾桶。

在丈夫不知去向、一整個月都沒有音訊，她決定帶永望離家的那晚是她終於試圖從失足的地方掙扎起身。

一路上她都沒辦法回答永望的問題，每走一步都像踩在燙腳的水泥地，好幾次鞋子的細短根都耐不住她急促的腳步搖晃歪斜了重心，差點讓她扭到腳踝，拖行的大行李箱的拖輪和提把自從蜜月回來之後就為了緊接而來的孕期根本沒時間修理，把手只能拉起一半，輪子有一側邊總是會從軸心脫落，讓一角狠狠地摔在地上。

她必須邊走邊注意輪子是否要鬆脫，走沒幾步就要用鞋尖把輪子踢回去固定，在縫隙較大的紅磚路上輪子瞬間就彈飛，她耐不住地將輪子撿起來裝回去之後，宣洩一樣使勁地踹了兩腳，本來只是一路抽噎的永望終於哭出聲來。

她強忍湧上胸口的酸楚蹲下身來安撫他，用指腹和手掌抹去他的眼淚和鼻涕，輕聲細語地哄他，這種清晰的現實裡能容納的詞彙那麼少，她連像平常一樣說一套簡單的謊話都針刺似的提醒她不過是自欺欺人。

現實超越她的速度如此之快，她早就遠遠落後只能像現在一樣站在被拋下的路口茫然地站立，一手拖著大行李箱，肩膀背著塞滿東西的大購物袋，她無法將永望抱起來，只好半拖半拉地牽著他走，他一路一直喊著睏，腳很痠又累，哭得眼睛都睜不開，她無計可施地握緊他的手哄著他：「再撐一下，走到街角的車站就行了。」

我們不會回家了，這次再也不會了。

這個尖銳的實情她只能吞忍在沉默裡，到了車站抬頭看向在混沌的清晨裡唯一醒目的電子時鐘，距離第一班車還有兩個鐘頭，她找了一個長椅，把行李箱側放，拿出購物袋裡的小毛巾，鋪在大腿上讓永望躺著睡，還塞給他一塊牛奶餅乾，他還乖巧疑惑地問她：「刷過牙後不是不能吃東西？」

她只輕聲回說：「沒關係，今天比較特別。」

永望接過她手上的餅乾，絮幫他把鞋子脫下後讓他側躺在腿上，他雙手抓著餅乾用他平常喜歡的方式，用嘴唇抿著餅乾用口水沾濕再小口小口地吃，她總是會叨念他這樣吃東西不好看，但她只是疲累地頹下肩膀，皮膚開始感覺到清晨冷涼的空氣，完全的寂靜如同低溫的火從四周的邊沿點燃。

除了年少輕狂時期，她就很少這個時間還在外面逗留，她恍惚地想著當時身邊有各式各樣的人，以為親密地緊貼著氣息，嗅聞著肌膚，交換沒有意義的話語，而她穿越或是必然的拋下了時間，鬆開她手心裡非留下不可的一切，現在三十五歲的她坐在清晨無人的車站，大腿上睡著餅乾吃了一半就昏沉睡去的永望，想著到底要走多久才能找到一個地方安居其所。

從開放入口吹進來的冷風讓她從指間漸漸失溫，身後長椅後面的最後一排靠近垃圾桶的旁邊躺著用一件破舊墨綠色大衣蒙蓋著頭的流浪漢，唯一露出光著的腳背都是厚厚的汙垢，身邊的推車上擺滿向上堆疊的各式回收物，她想起自己曾在家樓下喊住他要把準備回收的家電紙箱給他，而如今自己跟他又有什麼不同？

對於剛離開原本該是自己歸處的眷戀已經氣息微弱，再度走進黑夜摸黑行走，她想起昨天下午她還蹲在浴缸裡刷洗瓷磚細縫裡的黑色霉垢，深怕它會繼續毫無節制地擴大，看起來那麼心焦於無法掌握的事物擁有自己深根的意識，現在她走了，菌絲和苞子會繼續附生在那個家，而她再也不需要在乎。

她看向黑夜，門口僅留下一盞亮白的燈光，她看著光束打亮的部分，有細密的白線穿過，確認開始下起了雨，雨絲匯聚在燈罩和屋簷邊緣，滴下的水滴落在緩步走進車站的黑狗身上，中等體型，頸上圍著紅色項圈可能是站務人員放養的狗。

進了車站就四處嗅聞，反射性地繞圈避開她，低垂著尾巴似乎很怕生，如果不是不想吵醒永望，她一定會起身走近牠，幫牠拍掉身上的水珠，搔抓牠的下巴，拿幾片餅乾給牠充飢，也許是出自境況相同的憐憫，眼神都因為無法確定的迷惘無力和彼此對視，雙眼裡滿是能夠和自己的不安密合的空洞。

在落雨的清晨，和身後喚不出名字的男人和一條濕淋的狗一起待在除了那盞燈之外，被寂寥燒得一片焦黑的車站，她慢慢吐掉呼吸，感覺雙肩越來越有重量感的疲累，原有的一切消逝得太快她根本還感受不到瓦解的過程。

此時她已經趨近沒電的手機傳來震響，是文時傳來的語音訊息，她按下撥放鍵靠到耳邊，只有一片比現在車站外還響亮的雨聲，落在樹葉、屋頂、傾倒的木頭上，除此之外沒有任何文字跟他的話語，他只是想告訴絜，他這裡也下雨了。

他曾經說，落雨是山中的日常，每個時節的雨都有不同的樣態。他們時常只保持這種刻意繞開現實邊際的交流，為了保留電量，她把手機關機，眼神再度望向細雨和黑暗，此刻她和文時在不同的地方一起待在雨裡，光是這樣想她就可以稍微安心。

她突然想起小時候還未離家前的父親曾在盛夏的某一天難得帶著全家人去玩水，父親單手抱著套著游泳圈的她，脫離在淺處戲水的人群游向水流湍急的大壩口，她當時緊挨著父親的懷抱，在水中騰空著雙腳，水面的高度也一直維持在下巴的位置，但她卻一點也不害怕，母親跟她提起這件事她才隱約地記得，母親說當時看著他們幾乎漸漸要淹沒在水中變小的身影只能在岸邊乾著急。

而她現在又再度落水了，沒有父親的手臂也沒有救生圈，現在換她要獨自抱著永望橫渡眼前這片無形而水流失速的廣闊水域。

細雨慢慢變成能濺進室內的水花，趴躺在柱子邊的黑狗毛髮沾上發亮的雨珠，躺著熟睡永望的大腿開始覺得沉重發麻，他似乎又重了一點，每次感覺到體內還生根著這種母性的直覺才能稍微驅散她的內疚。

在他還沒出生前，只是忙碌地應付他在計畫外突然到來的衝擊，只感覺得到身體快速迎來重新拼裝一樣的轉變和不適。

每次獨自產檢時，聽著他鼓聲似的心跳和模糊暈散的影像，或是在炙熱的午後在客廳躺椅上睏倦地打盹時，朦朧地感受到脹圓的肚皮因為他的胎動而微微左右滑動、表面輕輕突起時，她也沒有因為確切地接收到孕育新生的實感，而讓喜悅甦醒過來，只在意早晨在鏡中看見自己的亂髮、鬆垮發皺的衣服、四肢的浮腫和無神的雙眼。

他在暑氣旺盛的初夏出生，應該像源頭一樣豐沛的母性卻仍然毫無動靜地處於冬眠，只有沒日沒夜的感受脹奶的疼痛、作息混亂的虛弱和精力被抽到枯竭的低落，對他的嘔吐、免疫力不好而時常輕微地發燒和腹瀉、響亮的哭聲、尿布上腥臭的屎尿都覺得極度不耐，每次抑制不住怒火的負疚和焦慮又讓她在廚房安靜下來泡奶時恍惚又呆滯地落淚。

想著自己果然也變成這樣了，完全承襲了母親只在乎自己的習性，為一個性情冷漠粗魯、從沒有真正愛惜過自己的男人生下孩子，要承擔著這種無從依靠又渴求他關注被徹底辜負一樣的無助感一輩子，她最不希望成為的樣子。

在他剛滿週歲的午後，她並沒有特別規畫為他做什麼，沙發上依然散亂著未摺疊的衣物，朋友從雜物房間挖出來送給她的二手學步車塞在窗邊和沙發的縫隙中，空蕩的空間仍然只有她和永望的氣味，手上洗碗精的香氛被剛剛他吐過奶的微酸味掩蓋，用沾濕的抹布吸附剛剛噴濺到地毯上的幾滴奶水，她感覺腰間一陣痠麻地把抹布放往旁邊的地板，順勢地側躺下來。

粗糙的地毯質地搔得鼻子發癢，永望就躺在身旁的午睡墊上，看著白色的窗紗被帶著降雨前濕氣的微風掀起，畫出蓬鬆的弧度，他看著永望一邊發出斷續的笑聲，四肢在空中揮舞，他最近開始學著自己翻身，雙腳胡亂踢蹬，身體不停左右擺動地尋找支撐力，好像在水中滑水浮游。

她下意識地伸出手想拍拍他的胸口，安撫他入睡，還未碰到他的胸口大拇指就被他揮舞的手本能地抓住，軟綿的掌心緊緊包覆著大拇指，彷彿想依靠著她從這個處境裡掙扎逃生，一個施力身體就順勢翻了過來。他開心極了發出響徹室內的笑聲，胸口抵著棉被弓起半身，微弱的光線照亮他蛋白一樣圓嫩的雙頰。

絜握緊他的手，第一次深刻感覺到跟他互相依存的親近，私密地共享他正在經歷每個閃瞬即逝的時刻，每個眨眼都是快門，全都在眼中捕捉牢記，不愧是我的孩子啊她想，被他無限地削弱但也能塑捏自己從未見識過的強韌。

這個感覺絜再熟悉不過了，像總是保溫在內心裡恆溫的知覺，用指腹撥開永望因為汗濕黏在額上的頭髮，這濕熱的觸感總讓她想起弟弟。

自己在放學的門口等待他一起回家時，他總因為消耗了大量精力應付無法適應的學校團體生活而疲憊不堪、汗濕的頭髮凌亂在額前的樣子，絜總會用自己的手帕幫他擦乾。

和弟弟共處的時光是心裡隱約而總是保持微溫的記憶，永望成長過程許多微小的瞬間時常和那時候淺淺疊合，他個性安靜、敏感怕生，不愛親近人，逢人總是嘴角低垂不愛笑，總是閃躲別人的眼神，專注、害羞而固執。

排數字餅乾總是要整齊排到五十才肯停，掃地時把三十三的三撞歪就會讓他不開心，生氣地說三要立正屁股不可以翹起來，替他綁鞋帶的兩邊的圈要盡量對稱不能歪，在自己趕時間的時候非要停下來觀察地上已經死掉的紅蜻蜓，彷彿他體內有個龐大而不容許任何人干擾的時序，所有的行動都必須固執地遵照對時。

決定離家後，驅使自己毫不猶豫帶著永望走向車站的原因，是她要等待清晨的第一班車，要去投靠自從永望出生後就很少見到的親弟弟。十五歲確診為亞斯伯格的弟弟——恆，當時知道結果的母親震驚地帶著他們在診間前的椅子上呆坐了許久。

一直陪著弟弟的絮卻一點也不訝異，從小他和其他同齡的小孩表現就完全不同，懷有一種精微而純粹的意志，沒有絲毫彈性敏銳而強悍的執著，恆有一陣子完全把絮當成模仿的對象，絮說話的方式、語調和用詞，高興的音調、哭泣的頻率，喜歡拉她的馬尾當做打招呼，只為了聽她發出：「噯～！」這個拔高聲音的抗議聲，甚至都喜歡「Animal」這個單字的念法，有時會像哼著喜歡的曲調一樣念一整天。

他比絮小三歲，現在也已經是三十三歲的中年人了，但在絮眼裡他依舊沒什麼改變，眼神會發出只有絮才能讀懂的信號，說著居住在無人踏足的地層裡的獨白，嚴密地守著只屬於自己流速的時間。

不喜歡過於吵雜的恆住在一個四面環山的城市，下車時她打了電話給他，他的口氣雖然遲疑但一如往常的平淡無波，絮走到大門口前已經看到他站在門邊的身影，削瘦、有點蒼白、銀邊眼鏡、整齊將扣子扣到最後一顆的水藍襯衫、無論季節都穿著包覆到鎖骨的黑色背心和四處觀察搜索的眼神，這個過於工整精確她最熟悉不過的樣子。

牽著永望站到他面前，絮才感覺到自己整夜淤積的疲憊可以透氣，她知道恆絕對不會在意自己這身狼狽的彷彿熄滅的模樣，也不會察覺到她嘴角此時勉強的淡到看不出來的微笑。

「歡迎。歡迎。」

他平板地說，一邊接過絮手上的行李，穿過大廳和管理員示意地點頭，領他們進電梯到達三樓，打開門就是空蕩的連鞋櫃都沒有的陽台，一塵不染的紗窗，光滑晶亮的木地板，絮為了祝賀他買了新房而帶了恆喜歡的紅酒到訪的時候，曾發表：「乾淨到連踩上去都有罪惡感」感言的木地板。

整淨沒有多餘物品的空間，打掃是他著迷的項目也是每日謹守的規矩之一，有時就算絮來拜訪，他也堅持這天是清洗後陽台的日子，絮就坐在客廳的沙發上聽著他洗刷地板的聲音，塵埃對他而言就像無法預期的事物，要嚴密地防止它在角落無聲地堆積覆蓋，成為顯眼的干擾。

絮看見他放在原本飯廳位置的製圖桌，平行尺還固定在畫到一半的圖面上，椅子坐墊面向電鈴的方向，從小思緒就多而縝密的恆一直有無法深眠的困擾，絮想著他可能又是凌晨就清醒或徹夜未眠的工作，絮明白自己像闖入一樣的到訪打亂了他一天的排程，他的腦子大概正在重新精算如何把她們母子倆塞進時間裡，但此時絮也覺得已經沒有其他的選擇了，只能多給他一些時間消化思考，她請恆先拿一條薄毛毯，讓折騰了一夜的永望先睡在沙發上。

已經十分疲累的永望在沙發上縮捲身體入睡前，在迷濛間還疑惑地低喃著：「衣服沒換也還沒刷牙就可以睡了嗎？」絮只是安撫地拍拍他的胸口，看他的眼皮沉重地闔上之後，絮起身就感覺到一陣最近進食都不規律也太過簡單的暈眩和胸口瞬間潮湧的酸楚。

她步伐緩慢地走進廚房站在正在替自己煮茶的恆身邊，捲起袖子沉默地替他洗起水槽裡的碗，蓬亂的毛躁短髮遮住她的側臉，她輕抽了一口氣之後開口：

「我要待在你這裡一陣子。」她刻意語氣平穩地說，但話尾仍有微微的輕顫。

「待在這裡是怎樣的待？一陣子是多久？只有妳嗎？」恆連頭也沒抬地連續說出問句，瓦斯爐上陶壺裡的茶湯慢慢滾沸，飄出酸柑茶清爽的香氣。

「我和永望一起，請讓我們待到我有能力找到下個落腳處為止。」茶在壺裡滾沸起翻騰的珠沫，絮抽下要擦淨碗盤的抹布，再也無法隱忍地皺起眉心，忍不住用抹布摀住自己的臉接住不停落下的淚水。

恆僵直了身體和動作，不停彎下腰側身想看清楚絮摀起來的臉，確認她的表情，確認了她在哭泣他也沒有任何反應，只是用腳挪了一下洗碗槽前的擦腳布，擦拭掉絮手上滴下的泡沫水。

絮知道他不會有任何反應，就是知道，才徹底哭出聲音來。

已經經過了一個晚上被自己的悔恨、無力和即將面對的處境像被最細的弦勒進肉裡的無助綑綁，她現在最不想要的就是被過度關切或必須從哪個不對勁的時間點從頭敘述一遍，一開始就錯誤地選擇經過時間推移只是增加了歪斜的弧度，現在只是經歷了必然的倒塌而已，她很清楚，也不想跟任何人訴說和交代，但此時淪為必須帶著年幼孩子投靠弟弟和又必須開始重新迷路的恐懼壓迫著她不得不哭出聲音。

絮用帶著洗碗精味道的抹布擦拭掉好幾輪的眼淚和不停敞流塞住呼吸的鼻水，恆把煮好的酸柑茶注入杯子裡，放到絮面前，只是清淡地說了一句：

「表姐一家知道的話可能會覺得很虧。」

絮已經非常習慣他總會說出和當下情境沒有什麼引索和關聯的話，也能大概從他拋出沒有方向可尋的引線中推理出另一端的連結處，她知道他說的是當時自己結婚的時候，表姐一家住得離老家最遠，早婚的她當時已經育有四名子女，當時他們是花了最多時間成本和金費來參加婚禮，所以要是知道自己的婚姻失敗，他們會覺得勞師動眾來參加婚禮，還因為家裡人口眾多而必須包多一點禮金真是划不來吧，也透露了恆已經大概知道自己是因為和丈夫無法繼續下去而離家出走。

她慶幸自己就算和恆這麼久沒有生活在一起仍然能周旋在他線索薄弱的話語之中，連接起關聯順利地解謎，在哭腫的雙眼因為用力擦拭而有些破皮的鼻頭之間，絜可以感覺自己的嘴角似乎上揚了一個難看的微笑。

「等下九點半出門去市場應該可以買得到全雞喔。」恆看著牆上的時鐘說，放在流理台上的右手食指跟大拇指不停互相摩擦，是他在陷入思考之中的無意識動作。

絜繼續像在一堆雜亂的線頭之中找到唯一一條能導電成功的接頭一樣開始往回推演，自己似乎曾在某個颱風來襲的前夕，打電話給恆提醒他出門注意安全，他回說自己一整天哪裡也沒去，在家裡燉了一鍋雞湯煮麵線打算吃兩天，他鉅細靡遺地交代了裡面的配料，細火慢燉一下午整鍋都是營養的膠質，還說：「吃了嘴唇會黏在一起。」

絜當時正在冒著風雨去兼差打工下班的路上，手上提著隨便買的晚餐，渾身濕涼疲累，回到家還要繼續處理堆積著的家事，她記得自己虛弱地說了一句：

「真好，真想一回家就吃到能讓嘴唇黏起來的雞湯。」

他當時答應她下次來時會煮給她吃，他一定還記得吧。這種一般人都會覺得是順手拿來充當結尾的客套話，但恆對自己說出口的每句話都認真看待，認真地充滿一定會兌現的魄力，彷彿在捍衛言語之間約定的重要性一樣的認真，掛下電話後他一定拿起筆在筆記本上將這件事記了下來，甚至會慎重地在腦中排練一次。

她在養育永望的過程裡時常想到恆，大概就是因為雖然在相處中會被他們的頑固磨損，但那個執著有時就像聚焦又明亮的探照燈，可以確實地照亮某些晦暗不明的時刻。

要安排突如其來的發展，對恆來說還是十分耗損精力，絜看他抱著客房床上堆著還沒收進櫃子的厚棉被有點無所適從來回走的樣子就知道，他正在重新編列和排序要安頓他們母子必須要完成的事項。

絜像以前一樣適時地協助，和他一起坐下來把待辦事項列成清單，一起分工完成，絜整理客房，恆出門去買燉雞湯需要的材料，恆仔細地用手指滑過確認筆記本上記錄那天燉雞湯的食材，在出門前他蹲下身替永望把棉被拉好，拿出放在自己胸前口袋裡的摺疊尺，量起了永望的食指，像有了新發現一樣地說：

「他比兩年前長大了二點三八公分。」說完他拿起筆認真地在筆記本上寫下日期記錄起來，他在永望出生到醫院看他時，就量過他的手掌說：「跟在公園裡撿的松果一樣大。」

站起身後他又拿尺去量了絜的頭髮：「妳現在比妳覺得最好看的髮型長了四點八公分，該剪了。」

絜只是任由他這麼做，那支摺疊尺他總是隨身攜帶，看到什麼都會去精量，用數字記憶它們，為它們重新起名，他把世界用數字換算，解出能讓自己理解的樣貌，他記不起別人的長相，於是用「穿二十八號鞋的男生」、「筆袋裡有十支筆的女生」當成象徵符號來記憶他們，每個形體都有體積，可以簡化、求出一組數字，數字就是他的視覺，讓他保持清醒，讓他不必在尋常事物的辨認中持續地迷航。

恆出門之後，絜為了把他放在客房裡的整疊影印紙另外找地方放置而走進了他的書房，有一面牆仍然掛著他裱框收藏的鳥羽毛，絜不會忘記他第一次在河堤邊撿到夜鷺的羽毛時的表情，一隻飛離岸邊的夜鷺臨飛前落下的翅膀部分的羽毛，他拿起對著還有傍晚光線的天空，光線透過密實的羽毛有著灰藍色、金屬礦石一樣的質地，他在那一瞬間開始對羽毛精準、豐盈、對稱而整齊的序列著迷。

對比這個盤根錯節的現實，鳥翅繁複卻簡單的構造替他撐起了一個形狀完整的空間，回父親鄉下老家時，下午他都穿梭在老家後的田地撿火雞、鴨子、白頭翁、八哥鳥、燕子的羽毛，就算類型時常重複，他也會入迷地觀察它們細微的差別，恆說牠們的身體裡有導航儀和時鐘，秋天換毛，春天北歸，夏天南迴，羽毛也不只用於飛行，還可以保暖、防水、展示，提供保護色和築巢以及孵育新生，他觀察這些鳥，像在為日常報時。

牆上的鳥羽並不是照著種類擺放，而是用形狀跟大小排列，雖然每根羽毛的特徵和長度都不同，冠羽、胸羽、背羽、覆羽或飛羽這些細微的分部他都能準確掌握，整頓起某種暗藏的秩序，像藏在亂碼中有規律的訊息，絜也時常覺得他的體內也有天生的導航儀和時鐘，有自己感知節氣、星象、潮汐的方法和測量事物的準則與公式，但就如同直到如今都還沒有任何理論能證實候鳥為何能遷徙幾萬公里而不會迷航一樣，是複雜難解的總和。

絜繞了一圈他的書房，書櫃最高的兩層裡擺滿了和自然、動物、鳥禽類相關的原文或中文圖鑑，中間兩層是和建築、空間設計圖相關的工具書，最底層的兩格玻璃櫃裡擺著永望去年聖誕節時寄給他的卡片，上面畫著一隻眼睛大得不成比例的貓頭鷹，絜旅行時替他收集的鳥類木雕、擺飾和明信片。

她嘴角微微上揚，雖然恆總是說他不喜歡在空間裡增加不必要的擺設，占空間而且清理上也麻煩，因為他總是會直接拒絕收禮的態度，他身邊少數和他有交集的朋友也漸漸理解他的堅持，不再送他任何形式的禮物，但他還是找了地方擺示出絜和永望送他的東西，絜知道恆的在乎就是表現在這些不明顯又微小的行為裡。

某一年的冬天恆還必須每日去公司通勤上班的時候，與公司的同事與上司的周旋和相處引發了他的焦慮和失眠，甚至需要依靠安眠藥才能入睡，絜每天和他通電話，他說的都是些生活裡的枝微末節，沒有什麼重點。

他說用了十年的電鍋壞了，已經一個多月沒吃白米飯，他晚餐吃了什麼，在後陽台自己栽種的辣椒收成，樓下太太養了十三年的馬爾濟斯病死，她哭得像死了兒子或和隔壁印尼來的看護妹妹交換打掃心得之類，只輕微地擦過生活邊緣的小事，但他說得熱切急促，像某種已經超過負載的過熱狀態，如果沒有散熱的機制馬上就會瀕臨燒壞。

絜聽懂他只是無法克制地想找人說話，他打來的時間也都很固定，絜把永望哄上床後不久，手機的網路電話就會響起，絜把音量調小開起擴音，就像扭開收音機一樣播放在絜只點起一盞夜燈的客廳，絜也不需要怎麼應答，通常只是靜靜地聆聽，說完他就會一聲Bye Bye乾脆俐落地把電話掛斷。

這個情形持續了將近三個多月，絜知道他因為用習慣的電鍋壞了而一直沒有好好吃飯，她其實也聽得出來，自小因為對咀嚼的口感太過敏銳，一直都會刻意避開某些需要咬破或氣味太過刺激的食物，推敲出恆每次跟她例行報告自己吃的食物裡，應該很多都是他為了怕絜擔心而多編出來的菜色。

當絜特地排了一天休假，採買了很多補充營養的食材到他家，準備好好地煮一頓給他吃時，發現他從這星期開始已經辭掉原本建築師事務所的工作，在家接脫離公司自立門戶的同事發包的設計圖，少了必須應付人際的壓力跟紛擾，又能待在最習慣又安全的環境中，絜想著那自己之後就應該不會再接到他的電話了。

但她什麼也沒說，只是和他一起在廚房分工切洗、備料，恆還為了喜歡吃麵食的絜用煎鍋做了簡單的烙餅，他用酒瓶擀平麵團，做了兩張乾煎、一張油煎的，對比油煎下鍋時邊緣的熱油滋滋作響，乾煎的放下鍋安靜無聲，他們盯著靜悄悄的鍋內只有透明鍋蓋被熱氣蒸上一層霧氣，絮一邊笑著說油煎的聲音就很浮誇啊之類的話，用各種不著邊際的方法把拴實的、釘牢在這個一直過於安寂空間的螺帽鬆開了。

絮做了清蒸魚和恆喜歡吃的幾道家常菜，恆無論吃什麼東西都乾淨迅速，據他的說法是這樣才能騰出時間做更多事情，但他今天明顯把速度放慢了一些，跟絮一起悠閒地用筷子把魚肉剔淨，留下透白的魚骨，把烙餅沾著滷肉的滷汁用手撕著吃，飯後恆開了兩罐啤酒，準備了鹹堅果和起司，慢慢地吃喝。

期間他們都只是零碎地說著無目的的話，恆在吃完飯後開始放他不知道已經重看了幾次的電影 *Groundhog Day*，對人生百無聊賴的氣象主播困在永遠的二月二日土撥鼠節，不管選擇製造或摧毀怎樣的一天，睡去再睜開眼時鐘仍顯示在二月二日的清晨六點鐘永劫似的輪迴，不管看了幾次，恆在笑點時刻還是會跟著發出淺笑，幾乎熟背每一句台詞，當主角說著：

「當契訶夫看到漫長的冬天，他看見刺骨黑暗的冬天以及希望的逝去，然而我們知道，冬天只是生命週期的第一步。站在普蘇塔尼人之間，靠他們的壁爐和熱情取暖，漫長而光亮的冬天，也成了最好的時光……」

恆用英文跟著複說了一遍，語氣、每個音節的停頓、速度幾乎分毫不差，絮從來沒有問過他為什麼喜歡這部電影，還特別在網路上買了光碟收藏，絮握著表面已經充滿冰涼水珠的啤酒瓶，臉頰因為酒精微微地發熱，恍然地想著恆這三個月每天跟她訴說的生活，也像每天固定重置一樣的單調、規律、瑣碎而平淡，同樣的活動只是稍微置換了細項和名稱，他的重複是為了保全安逸，持續鞏固生活的安馴，杜絕一切改變的驚動，他需要一切都堅定在固有的位置上，新意、無以為名的變化、無從預警的驚喜只會讓他疲於應付，但生活總是充滿著難以平和而浮動的變數。

他從大學畢業後就一直在這間指導教授推薦的事務所上班，雖然是他擅長而且喜愛的工作內容，但他過於精密、嚴謹的吹毛求疵與毫不修飾的說話方式卻在和同事間的合作關係上屢屢碰壁。

絜偶爾跟他的聯絡中雖然鮮少聽到他提起工作，但只要一提起口氣裡就有種頹喪而漠然的憤怒，會聽到他說：「整個星期只有為了要換超市優惠券的時候有跟櫃檯小姐說話。」或「每天午休時間都待在員工休息室裡，看完了整套老闆收集的漢生小百科，是一九八五年的初版。」這一類他似乎一個人孤獨地偏離了軌跡，只躲在自己四處挖掘只容得下他的藏身處之中。

每一年的這個時候，他都會陷入週期性的沮喪中，影響到甚至讓他鬆懈了隨時拴緊的計畫發條，這三個月反常的掙脫他堅決固著的行為，大概是再也不堪負重。

但他無法清楚的表達，只把真正想說的放在那些細瑣的小事後面，簡化成只是單純在遠方閃爍不止的信號，絮從小就知道，他只能也只會把感受密封在省略後的沉默裡，她能做的就是觀看和靜待他緩慢地將一切歸位。

他就像報時的土撥鼠一樣出了洞口還發現自己的影子，漫長的冬天還要持續，必須面對外界刺骨的黑暗以及嗑睡的疲勞，他每次打電話來都會先吞下安眠藥，在說話之間靜靜地等待藥效發作，像在爐邊取暖，也像替自己打上嗎啡，讓溫熱召喚睡意，繼續中斷的冬眠。

絮之後果然不再每天接到他的電話，某一天的週末他傳了訊息給絮，說他要在網路上重新買一個電鍋，也想要送絮一個，他替絮選了一個可以蒸煮十人份的桃紅色萬國牌電鍋，說這是比大同電鍋耐操的品牌，替每間小七超商每日盡責生產茶葉蛋的御用電鍋，絮看著恆丟過來的購物網站網頁介紹，恆下單時喃喃自語一樣地說他竟然什麼個人資料都不必重新再輸入，只要一直按確定就可以購買完成，實在有點恐怖，會讓他想到歐威爾的一九八四，買完之後他可能要好好地沉澱一下撫平心情，之後又因為一口氣買了兩個電鍋而得到了折價券笑開懷。

絮跟他說看他這麼開心好像是自己做了什麼好事一樣，傍晚時恆又傳了訊息，購物平台的追蹤出貨通知顯示小桃紅電鍋已經「on the way」了，過了兩天恆收到就立刻通知了絮，說包裝上直接寫明了「桃紅色」真是太邪惡了，也說一定會等到絮過來讓她親手拆箱，隨即又說：「我一定可以等到那時候的。嗯，嗯。」

絜回說你明明就手很癢然後連續打了許多大笑的表情符號，恆則回說：「妳放心，我對自己的消極跟無視一向很有信心。」

絜特地讓電鍋送到恆那裡，其實大半是為了可以找理由去探望他，想看看到時他像小時候每個年底結算自己從零用錢省下的存款時那副獻寶的笑容，她特地坐了一個半小時的車將那個電鍋親手提回來，是絜知道恆是為了感謝這三個月來絜每天聽他說話，他的感謝方式總是乾脆、直接了當而實際，其中又有不是心機的細密，不靠感知和推演而是明晰的觀察，遵循他從小就培養精明的處事風格，每個心意都該貼實需求且耐用。

他送絜電鍋是因為時常聽到她工作回家還必須勞神煮飯，依靠電鍋的蒸煮料理既簡單又不費時，雖然對於人口和空間都是小單位的絜家來說，十人份的電鍋真的太大了，但她還是抽空忙了一個下午，把廚房的小邊櫃清出一個空間來放電鍋，她晚上立刻用電鍋做了放有玉米、奶油和南瓜的蒸飯，拍照傳給恆看。

在絜決定離家後，她用最大的行李箱仔細篩選，只帶了最需要的物品，但她毫不猶豫地決定一定要把恆送她的電鍋和他送給永望的檯燈打包帶走，她將電鍋放進紙箱和檯燈一起用尼龍繩纏緊，用一個大型購物袋裝著背在肩上。

走路時只是簡易包裝的電鍋鍋體和鍋蓋不停地互相碰撞，每個步伐都伴隨著清響的金屬聲，讓她就像一個在沉寂的暗夜裡一路搖響的聒噪鈴鐺，她不以為意，只覺得這個聲音在擾扶著終於決定逃脫而滿頭大汗、胸前起伏鈍重喘息的自己，她手上還牽著永望，肩上還有恆送她的東西，步伐正在往她在這世上最後的容身之處走去，都在提醒她此時並沒有一無所有。

絜把恆交給她乾淨的床單鋪整在客房的床上，打開大行李箱一樣一樣把東西放在空櫃處歸位，過程她忍不住瞇起酸澀的雙眼打了好幾個呵欠，她蹲低身體拿起行李箱的物品起身時重心也輕微搖晃不穩，恆的家中有一種把雜音全部抽空一樣的安靜，只有窗外停在中庭樹上稀落的鳥鳴，跟她原本居住在地狹人稠、商店林立的鬧區很不同，在安靜之中各種念頭清晰的喧囂翻騰，她想要保持清醒，直到逃離的愧疚像探針一樣刺入的不適能平靜下來為止。

恆回到家後就把自己關在廚房裡準備燉雞湯，把想要幫忙的絜拉離廚房要她去客房休息，絜想著這副疲憊得像快要傾倒蠟燭的模樣，連一向不太會察覺臉色異樣的恆都看出來了，那顯然臉色是不能再糟糕了吧。

她於是換了身舒適的衣服，平躺在床上，本來因為不適應和一整夜的恐懼消磨而微微繃緊的身體，在聽著廚房裡恆切洗食材和慣性喃喃自語的聲音放鬆地沉入了睡眠，等她醒過來時已經是天色昏沉的傍晚，整間屋子裡飄散著溫潤濃郁的雞湯鮮香，喚醒她嚴重的空腹感。

她打開門已經看見醒來的永望跟恆坐在客廳裡吃著雞湯麵線，恆要絜坐在單人沙發上，去廚房幫她盛了一碗，碗裡有兩朵沒切半的大香菇和兩隻雞翅，恆還記得她一直都喜歡吃雞翅，她喝著濃厚甘甜的雞湯，雙唇因為膠質而黏膩，她瞬間視線模糊，終於能確認現在身處在一個有人指認得出過去自己模樣的地方。

吃完晚飯絮主動把鍋盤拿到流理台準備幫忙清洗，恆阻止了她說洗這些他五分鐘就可以做完，絮開玩笑地說著：「這麼有自信那我要計時喔？」邊走出廚房，總是無法意會玩笑話的恆剛擠了洗碗精到菜瓜布上時認真探出頭來問絮：

「不是要計時嗎？」

絮先是愣了一下，便搖搖頭笑開拿起桌上的手機，作勢要開始計時，恆一下鑽回廚房，絮就把手機放下，聽著廚房開始響起鍋盤互相碰撞、水勢猛烈的噪音。

「我聽到很忙的聲音喔。」她刻意抬高音量地說，仰頭笑出聲，發覺自己的嘴角在今天第一次笑開了，也知道此刻她就要正式迎接之後不知多少個日子裡和這個全世界沒幾個人能真正了解的弟弟，即將要展開的新生活。

絮在接下來的一個月找了一個在家兼職的文書工作，每個星期只要兩天去公司送件、取件，聽主管交代工作事項，雖然錢賺得不多，但絮想著起碼還可以替恆分擔一點家中的水電費和雜費，而且這是他們姐弟倆，從恆考上了外縣市的大學就從此搬出家裡後，久違地在一起生活。

需要時間磨合適應這幾年來她們各自加入的生活慣性，她請恆替自己保密，先不要告訴多慮到有些神經質的母親，她會找適當的時機告訴她，但她沒說出口的是，其實她自己也不知道會不會有這一天。

自己已經擔負起哺育孩子的身分，把剛出生一個半月的永望安放到母親臂膀中時，聽她抱著永望邊跟她千叮嚀萬囑咐的一長串育兒經，絮就知道自己已經從她手裡繼任了母親這個身分。她當時也有許多暗藏在心裡重複碾壓、塞在角縫的話沒說出口，其實，她想說的是，我最不希望成為妳這樣的母親。

家的想像是僅憑言語無法說盡的，都是些盲目的、深知無法兌現的那些不美麗也不醜陋卻也無可妥協的期待，在已經形成缺口的地方一起匯聚成漩渦之後，不可避免地流逝。絮決定疏遠，恆開始沉默，只對母親截取必要透露來展示用的片段。

恆也明白如果告訴母親絮在沒有離婚的狀況下獨自帶著永望逃到這裡來，她的情緒會起多大的波瀾，不擅於說謊但更棘手於應付激烈情緒的恆立刻答應了絮的請求，每次恆接到母親一個月會打來一次的慰問電話時，絮就會輕手躡腳地把永望帶去房裡，緊張得好似母親可以從電話裡洞穿一雙什麼都瞞不過她的眼睛。

一直以來幾乎都是獨自帶養永望的絮沒有花什麼力氣就適應地站穩了單親的生活，雖然她也知道稀少對家庭投注心力的先生可能到現在都還沒發現自己跟永望已經離家，她還是做得徹底，把電話號碼換了，不想再困惑於一直回想自己已經失去了依託，不想終日虛弱地癱陷在打擊之中，想以對恆造成最低限度困擾的方式暫時一起生活。

她很確定這必須是暫時的，畢竟厭惡經歷重大改變裡必須捱過的每個過程的恆，費盡了力氣搬離熟悉而安逸的故鄉，就是為了持守這個牢固而穩當的獨身生活，一個把旁人的干擾分貝降到最低的避難所，她不會像母親一樣用血緣當壓制他意願的籌碼，幾乎譴責地輕忽他對單獨的需要。

一陣子之後絮也見到了恆在這幾年的分開生活之中被打磨出的沉穩，他提醒絮自己在生活裡堅持的枝微末節的小事，如果絮偶爾忽略他也不會像年輕時立刻充滿了高壓的情緒，只是會語氣無奈地再提醒。

絮有一次將他擺在桌上的一份財經報紙直向對折，他雖然立刻出聲阻止，但也只是一邊把摺痕用手壓平認真地跟絮解釋為何報紙應該要橫向對折，稍微懂得收斂他固執得幾乎頑強的行為中無意識展露的攻擊性，而他個性裡根深的純粹直率讓他保有接近笨拙的誠摯和認真，也讓他比絮想像中的更快能夠親近永望。

正值用疑問和全身感官在探索世界的永望總是不停地發問，困惑各種事物的來源、氣味、觸感或成因，雖然回答了他也處於一知半解的狀態，但恆總是不會輕率地處理他的每個發問，想辦法用最接近答案的方式回答他。

在某個雨天恆帶著永望去超市買東西回家後，開信箱時發現一隻蝸牛在信箱裡，已經吸透雨水而質地軟爛的信件角落有被啃食的痕跡，恆把信件拿出來時說了一句：「變成蝸牛的Buffet了。」

拿著缺角信件的永望非常好奇蝸牛是如何吃掉紙張地不停發問，恆索性把信箱裡的蝸牛抓起，回到家清理放在後走廊的醬菜玻璃罐，去離家不遠的登山道挖了點土，沿途一起挑選樹枝、葉子、碎石，布置在缸中，絮工作回家看見永望認真地半跪在餐桌上晃動著雙腳，壓低身體觀察正往樹枝上爬行的蝸牛，近到呼吸都在玻璃上凝出白霧。

「他已經看了半個小時了。」在另一張餐桌椅上看書的恆說。

絮走到永望身邊輕摸他的頭，他只是把頭偏了一點絲毫沒有把視線從蝸牛上移開，她彎下身靠近玻璃瓶用鐵細網蓋住的瓶口，聞到下過雨般濕潤的泥土氣息。

恆雖然跟自己一樣多慮、思緒針尖般縝密，但對於這樣的事他總是從容的，從容的如平常一樣，恍若只有在做這樣的事情時才是真正的自在。

最初，和他相處的一切都是嘗試。只能憑依著主觀的觀察，比如他的喜好和意志，遇到不喜歡的就堅持的頑強。比如他的自由，他從沒想過的自由，不知道自由裡連生的險惡，那是他的野，對探索的直覺與生存密不可分根深的理解，可以帶領他隨時落難也能度過所有難關。

在各種地方和高度撿起羽毛、撥開在公園地上都是汁液的種子、研究螳螂蛻下半透明的皮、撫摸每個在不同質地上生長的苔蘚、徒手抓起拖著黏液的蛞蝓，只要他碰觸這些東西，母親通常都會尖聲阻止，所以自己總是習慣隨身攜帶濕紙巾，因為非常清楚不管如何厲聲禁止，都無法嚇阻恆伸出手，觸摸一切他有興趣想要挖深探究的事物，像是毫無保留的信任。

她曾經在接永望從安親班下課時，發現他在過馬路時就算沒有任何人車在旁邊，也會遵守著穿越馬路時全程舉起手示意的規定，除了他之外，絮沒有看過任何小孩在沒有大人的指示下依舊堅守規矩，她在對街看著永望堅持認真舉手走路的模樣，就會失神似的把這一刻和當時小學時等待恆放學一起走回家的景象重疊在一起。

她蹲下身把永望抱進懷裡的時候，總是會閉起雙眼加重擁緊他的力道，一點汗水、體溫偏高、柔軟的觸感，因為她從沒有辦法這樣碰觸恆，恆討厭擁抱，會盡一切辦法抗拒親近，就像現在站在桌邊，絮也制止放在桌上的手，在詢問恆是否吃過晚飯時不要去觸摸他的肩膀，已經非常習慣他身邊圍起的沉默而無形的界線。

恆和永望協定，讓他觀察完所有蝸牛的基本生態之後，就會將牠放回樓下中庭的樹叢中，這段時間，帶完永望親手做完一遍每天照顧蝸牛的必要事項之後，恆就完全放手讓他負責，自己觀察斟酌是否噴水保持土壤的濕度，兩個星期後他總結出土壤要維持「像巧克力夾心餅乾泡浸牛奶第一次的濕度」。

還特地買了一把兒童專用的安全菜刀，讓他每天從安親班回家時，就把冰箱內恆整理出「蝸牛糧倉」區域裡的蔬菜和水果，拿出來退冰後分切處理，永望的個性雖然安穩少話，但思維跳躍，洗菜時發現菜蟲便一隻一隻撿起來，自己搬了椅子從上層的櫃子裡把恆不同大小的食物保鮮盒都拿下來排在流理台上，選了一個中等大小的盒子，走到廚房門邊探出頭發現恆仍坐在繪圖桌前，謹記著絜說過只要恆坐在那張桌子前面就不可以過去打擾他，以及只要想取用恆的任何東西都要詢問過他的叮嚀，他便去房間拿了蠟筆跟圖畫紙，在流理台前把下巴放在桌上，畫下高麗菜的綠色和菜蟲身上的綠色。

畫完一片高麗菜的葉子上面爬了三隻菜蟲之後，恆起身拿著馬克杯來廚房倒水，永望開心地展示在保鮮盒蓋上蠕動的菜蟲，禮貌地詢問恆是否可以給他一個保鮮盒，把菜蟲留下來，之後桌上又多了一盒永望稱為「蝸牛鄰居」的菜蟲觀察室。

永望每天只要想到就會追問恆，菜蟲長大會變成什麼？恆都只是笑而不答，要永望自己看見所有的過程，巨大的蟲、變成菜葉顏色的繭、會長角、會找殼，永望每天也都鍥而不捨說出一堆天馬行空的答案，好像每天都在持續地一起滾動著什麼推進。

在充滿疑問的過程一語不發，留守在一片空白的地方，如同拿著銼刀反覆地磨出偏執。絜知道恆給永望鑿出他也在這個歲數時一直想要的空間，可以自行憑藉著意志闖蕩，就算瀕臨危險也無所謂的空間。

絮想起恆在小學五年級冬季的某一天，接近放學時母親卻突然出現在自己教室的後門，臉上滿是最令絮緊張的那種複雜不清的焦慮。

絮走出門母親就大力地捏著她的手快速地往二樓的導師辦公室走去，絮在下樓梯時好幾次因為跟不上母親的速度而差點跌倒，發現自己額間和手心都布滿了汗珠，就算還懵懵懂懂，她也很清楚母親現在就只是盲目地跟隨著煩躁的情緒什麼也看不見，到了辦公室，恆就站在走廊前，脖子上的咖啡色方格圍巾遮住一半他漠然的表情。

母親叮囑絮看著弟弟，呼吸急促地瞪了一眼根本沒把目光放在母親身上的恆之後，一邊鞠躬表情難堪地進入辦公室，絮也不知道該做什麼，只能走過去像從小一起被處罰一樣站在恆身邊，聽著沒關的辦公室窗口傳來恆的導師跟母親抱怨恆在課堂上無禮表現的聲音。

絮隱約聽到老師口氣凝重地重述自己在國語課時跟同學說了一個寓言故事：「小和尚被大和尚叫去河邊打水，剛好有隻牛在玩水，把河水都弄得混濁了，小和尚把水拿回去說水髒了。大和尚看了就說，你再去打一次水，再去的時候，水仍然混濁，小和尚把水打回去仍然告訴大和尚，還是髒的。然後中和尚再叫小和尚走一次，這次河水回復清澈，小和尚就把水打回去說水乾淨了。」

老師說完問同學這個故事在說明什麼道理，正確答案是「時間會沖淡一切」，但恆卻十分堅持這個故事是在說明「堆積作用」，還跟老師義正詞嚴地解釋了堆積作用的成因，老師覺得他的態度傲慢而且故意擾亂課堂秩序，要恆到教室後面罰站。

恆覺得自己沒有錯，堅決地站直在位置上和老師對看不移動半步，已經被他態度激怒的老師上前抓住他的手臂要將他往後拉，恆本能對碰觸的厭惡讓他立即用盡全身力氣和老師對抗，他向後靠的瞬間撞倒了斜後方女同學的桌子，全班都發出驚訝的騷動，本來單純的頂嘴擴大成肢體衝突，老師氣急敗壞地要同學把倒下的桌椅搬好先自習，立刻走回辦公室打電話給母親。

絮安靜地和恆站在一起，完全不能理解地看著他平靜淡漠的側臉，置身在為他而起的騷亂之中，彷佛只有他一個人站在無風的中心地帶，保持著抽離的距離感。絮從這個時候就已經開始覺察到恆的特殊性，一路撿拾著和他相處蒐集起來的特性，卻一直無法得出正確的歸納。

絮記得那時傍晚落盡前的餘暉慢慢地從他們的身上移開，全身都是太陽的熱度，他們手上都拎著放著水壺和空便當盒的袋子，雖然都沒有交換表情跟言語，但都感覺得到事態的壓迫和沉重，心虛一樣地都不敢把書包跟手提袋放下，恆的額間又凝出了細小的汗珠，背後貼緊的制服也浸濕了一整塊，雙臂有點僵硬地垂在身側，眼神落在什麼都沒有的地方。

「比重大於水的固體粒子，會在水的阻力無法持續承托時，漸漸沉澱和堆積。」恆微微晃著身體，緩慢地說出這段話，雖然平穩卻有種堅決的肯定。

當絜還想著要說什麼時，恆卻似乎完全沒有想要得到回應似的接著說：

「這個時間學校裡那隻黑冠麻鷺要開始出來覓食了，牠很常被誤認為是夜鷺，但牠體型小了一點，四十七公分高，頭上有近黑色的冠羽，冠羽長達十公分，身體是褐色，背部是鏽紅色帶有黑色的橫漣紋，胸部和腹部是黃色混著鏽紅色的縱麻斑，喔然後牠是母的，我觀察過牠的眼部跟鳥喙周圍沒有藍色，頭頂跟枕部也沒有黑色的飾羽……」

他還沒有說完，就被哭得滿臉淚痕又氣急敗壞的母親拉進辦公室，硬壓著他的頭和老師鞠躬道歉，絜躲在門邊看著恆全身不情願繃緊身體的顫抖，咬牙的緊閉雙唇固執地不說出那句對不起。

絜當時都聽得見自己心跳的聲音，一直想要把頭別開，當時不明白那種激動情緒的成因，其實是多麼不忍見他們狠狠地用最粗暴的方式試圖削弱他的僵固，老師跟母親似乎聯手往他的喉嚨強灌進他不願吞進去的東西，而恆頑強地想要將這一切嘔出來似的拚命抵抗。

絜已經不想記得在回家路上母親不間斷說著他多讓人失望的話語，母親回家後把只準備好一道的晚餐菜色放在桌上，就回房間關起門，整個晚上絜都聽見房裡傳來低吟般的啜泣，每次母親情緒化的低潮一湧入，整個家的氣氛都像缺氧的魚缸一樣混濁窒息。

恆回家後，仍然如常地洗手、擰乾濕毛巾擦汗，用平常的方式拆開零食的封裝袋吃他每天只准許吃一個的玉米棒點心，頭髮在剛剛的拉扯中比平常更蓬亂了，後頭留下母親使勁按壓他後腦勺時被指甲劃過的紅腫痕跡，他們一起站在廁所的鏡子前，嘴角低垂，眼神空洞，絮把已經有些散開的兩條辮子解開，用手隨意梳順。

開水龍頭用水潑臉把汗和眼角的淚痕洗去，而恆只是維持著指令一樣機械式地換下制服，他們這個時候就已經明白，哭泣是沒有用的，無法喚來任何疼惜的雙手和輕應的語氣，來自母親的這根刺在那時就埋在心上了，日復一日地在內裡發炎，提醒著每個懵懂時刻的孤立無援。

之後他們對坐在餐桌前分食僅有一道的海菜蒸蛋，恆心不在焉地吃飯，只是一直像無法停止運作的引擎不停地說著居住在西伯利亞以北，北極海弗蘭格爾島的冬候雪雁的遷徙過程，他用手勢比畫著雪雁如何順時鐘地繞著湖面飛行，想用飯粒排出牠們在空中滑翔的隊形，眼神完全沒有定焦，感覺也並不是要說給任何人聽，他只是想說而已，沒有流向的話語，像亟欲淹沒一切一樣氾濫成災。

絮對他這樣就算說到微微地喘氣也還是要繼續說下去的模樣不陌生，但今天話語的邏輯充滿了不協調的凌亂，甚至幾度有點嗆到，她立刻用手掌輕敲了一下桌子說：

「換我了。」

這是她和恆之間的協議，適度提醒恆也要把說話權還給她的截點，恆看了她一眼，又立刻移開了眼神，扒了一大口飯，在桌下的雙腳搖晃地越發大力，絮感受得到恆表現出把情緒拉出憤怒密度的緊繃。

她接下來什麼都沒有說，不明白恆為什麼在這種時候，還能湧出這麼多力氣說出和今天下午的遭遇完全離題的話，當時她遍尋不著合理答案的線頭，只能看他滅頂在和母親之間、和他人之間那道無法橫渡的鴻溝裡。

吃完飯恆堅持要打開電視看他喜歡的益智問答節目，絜回到房間寫作業，經過母親緊閉而無聲的房門前，感覺那裡像被焊接封死，背對著他們完全不留任何路口。

等到她寫完作業、洗完澡從浴室出來，發現客廳已經一片漆黑安靜，絜靠近恆僅留一條縫隙的房門，把頭探進去，窗外路燈透進來的光源，微弱地照出恆在頭上蓋著薄被，抱著雙腿緊緊蜷縮著的坐姿，在光線的反面像在房間中央隆起一顆沉默的石塊。

絜緩步走進去，慢慢地掀開他右側的棉被一角，把自己也裝進這個避難似的堡壘，用跟他差不多的姿勢坐在他身邊，絜覺得他們一起用體溫孵育出的黑暗在此刻如此安全，像身處在包覆著溫熱液體的薄膜中。

絜把臉頰枕在自己的手臂上，想起恆曾經說過雙角犀鳥的巢，在母鳥產下小鳥破殼、養育直到能夠離巢的期間，雄鳥都會用斷碎的樹枝和泥巴封住樹洞裡的巢穴，僅留一個能夠遞入食物的小開口，那個樹洞是不是就像這樣呢？空氣有些稀薄、潮濕、柔軟，在窄仄的縫隙裡溫熱地保守著雛鳥不遭受任何捕獵和傷害。

絮的視線慢慢適應了黑暗，發現恆一直用手指重複旋轉著他在河堤邊撿到黑領椋鳥的頭骨，他小心翼翼地用衛生紙包起來，晚上躲在書桌底下仔細地把它清理乾淨，收藏在以前用壞的舊鉛筆鐵盒中。

絮還記得當時他興奮地研究骨頭中的空腔，說這些空洞是為了利於飛行，一直是他如同珍稀化石一樣的寶物，他不停地用近乎要壓碎它的力氣旋轉著，也許是想將那些空心灌滿空氣，近乎用氣音小聲地說：

「雪雁在今年三月八日下午的三點十五分，從加拿大的路易斯堡啟程南回。」

那是恆的耳語，發出最細微不被察覺聲響的祕密，那些沒有人在意的事，也不說給誰聽，他身體裡堅固到承受不住的沉迷和偏執，彆扭和反抗，這小小的呢喃彷彿他的啼哭，就像下一秒絮就聽到他手中脆弱的鳥骨碎掉的聲音。

絮回過神來，看著現在已經成年的恆正在翻看書頁的側臉，想到那時問他地上骨頭碎成像白粉末的殘屑怎麼處理，他只是別開臉面無表情地說，他等下會掃乾淨丟掉。撿到時如獲至寶的歡愉和親手毀棄時的漠然都是他，不願被修正而被迫活在僅僅如此的當下，隨時都在擠壓中劇烈地錯位變動。

絮拉開餐桌椅坐在他身邊，永望繼續偏著頭觀察蝸牛，安靜無語的時刻變得漫長，搬到恆的住所以來，她也開始覺得自己跟著他們一起走慢了時間，不再被莫名的事物追趕壓迫，也無畏大片的時間在無意義的空白中度過，就是小時候跟恆一起生活的感受，可以一整個下午都在河堤岸邊看著釣魚的人，直到傍晚他收拾釣具，他們才跟著一起回家，她至今還記得走在回家途中的陸橋上，漸涼的晚風和新月的月光倒映在黑色如鏡的河面上。

恆收起了書本，把隨時都放在身邊的筆記本翻開，記下永望開始飼養菜蟲的日期，這個舉動，是他需要一個不停重複提醒自己的標註，條列他不明所以但必須牢記的訊息，打一個親手記下的結。

該讓絜看電視的時間就不能隨意轉台、和家人一起去吃飯的時候，吃到不喜歡的東西不可以直接說出來、見到人要打招呼、通用的寒暄詞語之類寫滿各式生活枝微末節的筆記本很快就累積了一大疊，像打結的要鬆綁，在黑暗的空間就要把燈點亮種種不能迴避的，一點一點地靠著紀錄調校，用把極端的重物一寸寸推移一樣的速度，塑造出他今日還能稍微工整對齊一般人的模樣。

但絜總在跟他說話時看見他難以專注、眼神不停被周圍事物抓取的表情，明瞭他身上仍然滿布著在許多無法貼齊的時刻，被重複拆開重疊的痕跡。

「我明天下午要去公司接新的工作，要麻煩你二點的時候送永望去繪畫班上課。」絜說著就看見他順便把這件事也一起寫下來。

隔天絜領完工作後，在電梯口拿起在辦公室裡就一直震響不停的手機，有好幾通社區活動中心的未接來電，她立刻回電，社區中心的櫃檯小姐告訴她：

「已經三點五十分了永望還沒有來上課，課程五點鐘就要結束，永望今天要請假嗎？」

絮腦袋一片空白，陷入不知如何回應的啞口，只能搔抓捲髮結結巴巴地說，我有請弟弟帶他去，對方肯定地回答：「他們到現在都沒有出現。」她只說了她馬上打電話給弟弟就掛了電話。

絮立刻搜到恆的電話撥出去，轉入了語音信箱，衝下樓梯攔下計程車的路上也不停試圖撥打都沒有接通，絮在車上咬著嘴唇、捏緊雙手看著窗外的街景想著，昨天忘了告訴恆，如果臨時有什麼突發狀況要先通知自己，這樣他就會記在本子上照著做，她閉起雙眼深吸一口氣想要調順呼吸，對恆就是必須如此，每一個細項都要記得列舉，也要讓他徹底明白需要這麼做的原因。

絮曾經跟恆提過她在婚宴會場工作時常被酒客騷擾的事。她說每次遇到都覺得很驚嚇，不知道他們衝上來到底會做出什麼舉動。恆一聽到絮被嚇到，立刻拿起當時放在桌上的飲料帳單去櫃檯付帳，絮問他：「怎麼突然要離開？」

他只是肯定回答：「妳被嚇到了，要帶妳去收驚。」

於是她就一路被恆帶到以收驚著名的宮廟裡，絮在瀰漫著竹香味和收驚婆婆嘴中呢喃的請恩主公護佑的禱詞中排著隊。一直有點恍惚地想著自己怎麼突然之間被帶到廟裡來，還正在等著收驚？這是恆思考的燈泡突然亮起來一樣獨特的安撫方式，腦中有一套他自己編寫的邏輯運算出的結論。

下了計程車她從包包中掏著備用鑰匙快步地推開門走進大樓的大廳，還盯著手機注意恆是否有回電，一轉入種滿植物的中庭，抬起頭她就看見抓著恆褲管的永望和一群鄰居及大樓管理員圍在一起的身影，絜本能一樣地覺得驚慌，不自覺小跑步地衝過去，她事後回想每次看見這種恆正在面對陌生人的時候，總是會像被按了開關似的心跳加速，覺得要立刻趕到他身邊。

她喘著氣靠近他們，永望和恆一回頭看見她，就開始抓著她興奮地不停搶著說話，把她想問的通通堵在了嘴邊。

永望拉著她指著地上放著的紅色水桶，她看了好一會才確認裡面躺著一隻尾巴捲起、深褐色的蛇，蛇鱗因為潮濕而微微發亮，看起來疲軟，已經沒有什麼活動能力，但還是讓絜瞬間恐懼地後退了幾步。

「是舅舅用木棍抓到的！」永望的情緒還是很亢奮，瀏海全部黏在汗濕的額頭上，眼睫毛上掛著雨珠，絜抓緊他的手將他帶離開水桶的旁邊，瞪大眼睛望向恆。

「是眼鏡蛇。可能是被連日下午的雷陣雨沖下來的吧，剛剛看見牠從排水孔邊鑽進花圃，就撿樹枝把牠弄昏之後抓起來，已經通報消防隊來帶走了。」恆沒有看著她，依舊語調慢條斯理地說著，他穿著的防水外套肩膀部分也已經都是深色的水痕，他又是想都沒想就這麼做了，像火星掉落易燃物一樣瞬間就燒起來，絜永遠都沒辦法預測他的意圖。

本來還是零星毛雨的雨勢漸漸大了起來，看熱鬧圍聚起來的鄰居為了要避雨也散了，只剩下大樓的管理員和他們一起在入口的屋簷下等待消防隊，恆還和管理員借了一支奇異筆丟進水桶裡，要當比例尺，說目測大概一公尺二十五公分，消防隊來帶走順便測量實際的長度是一公尺三十公分，和恆的估算誤差很小。

永望用覺得恆似乎有超能力一樣的口氣喊著：「舅舅好厲害！」絜跟著他們和消防員及管理員道謝之後，拉著他們往電梯走去。

回到家後叮囑他們去換下濕的衣服、把頭髮吹乾，從永望手上接過的那袋本來要帶去繪畫教室的用具也濕透了，絜在終於安頓好永望到餐桌前坐下吃點心時的空檔時間，走到正在走廊用衣架晾衣服的恆身邊，把永望裝畫具的提袋夾上曬衣夾。

「下次要是有什麼突發狀況不能帶永望去上課的話，你要先打電話通知我。」絜口氣平穩地說，她知道對永望而言，跟恆一起抓蛇一定比去上繪畫課有趣多了，而恆一頭栽進他當下投入的事情就無法分心顧慮其他的事，她也只能事後提醒。

「蛇的平均滑行速度是八到十米，如果我要停下來打電話，牠早就跑走了，沒有時間啊。況且，蹺課這種事怎麼能讓媽媽知道。」恆說得理所當然，邊整理提袋上的皺褶。

原來如此。

絜想起自己在國中帶他一起蹺課的時候。他們都討厭那堂課的老師，絜的數學老師會一直把笨蛋、白痴、這樣都不會掛在嘴邊。恆總是在國文課上做自己想做的事，被班導視為眼中釘。

恆在教室窗邊的位置剛好可以看見垃圾車旁的矮牆，旁邊堆放著脫漆淘汰的舊桌椅，上課時間根本不會有人經過，恆觀察了兩天，跟絜說好了在星期三放學那兩個老師剛好擔任彼此的課後輔導時一起蹺課。

在上課鐘聲響起的五分鐘後快速走到矮牆，幫對方扶好椅子、看守四周，用最快的速度翻牆出去，一到校外他們就開始奔跑，開心激動地大笑，把緊張的心跳和後果都遠遠拋在腦後，不過就是一節四十五分鐘的課，也只夠他們用省了兩天的午餐錢去便利商店買一支冰棒，坐在每天都會經過的河堤旁邊晃著雙腳吃完。

恆在國中時期越來越沉默，像他把和外界連結的線全部剪斷地安靜，表情也更加稀少淡漠，那時他難得笑開，一路模仿布穀鳥的叫聲，把平常壓得密實的壓抑全部釋放，在回家前最後十分鐘的路程，絜耳提面命地告訴他回家絕對不可以告訴母親，不然他們倆都會一起完蛋，一起共謀，也要互相掩護，我們是共犯。

「不要把我只當成永望的媽媽，我還是你姐姐。那個共犯。你要跟我串通好我才知道怎麼給永望的老師一套說詞。知道嗎？」她說完恆沒有回答，也沒有牽動任何表情，只是繼續手上的動作，但絮知道他聽進去了，她試過很多次，只要跟他好好地把事情直接了當地說清楚，不要拐彎迂迴、不要用情緒性的口氣施壓，就幾乎不會再發生一樣的事情。

恆轉身去順便把在烘衣機裡脫乾的衣服放進籃子，絮自然地接過，一起拿起一件衣物甩平。

「永望今天在出門之前說，他有一盒三十六色的蠟筆放在家裡，他什麼時候可以回去拿。」恆說著邊把衣服穿入衣架，沒有看見絮聽到這句話瞬間靜止了幾秒，把眼神避開裝作若無其事的表情。

「我會再帶他去買新的。」她回答，刻意讓語氣平淡而堅決。

「去國中附近的文具店買吧，比較便宜。上次我去買橡皮擦的時候，硬是比外面便宜了十塊錢，而且老闆很有趣，長得像凶悍的鬥牛犬一樣，但是個好人。」恆說完便開門走進廚房，開冰箱把晚餐的食材拿出來退冰。

絮站在陽台，把曬衣籃放回原本的位置，想著恆就如同自己想的一樣，不會多餘地探問。

搬來這裡將近四個多月，恆也從來不會主動問起，她要去正式辦理離婚嗎？之後有什麼打算？她裝在信封裡每個月補貼他為數不多的錢，放在他房間的書桌上，一直都在相同的位置。為了照顧永望，只能接些不穩定外包性質的兼差，就算有時只有賺個一萬塊左右，她還是盡量在每個月領錢之後，找一天恆單獨出門的時間，放一點錢進去信封裡。

恆發現了就安靜地收下，從來不跟她當面提起，一起搭電梯時她看見社區布告上開辦兒童繪畫班的訊息，她順口說了句：「只要材料費，還滿便宜的，可以讓永望打發假日下午的時間。」

隔天她去大樓管理室領了報名表，填完夾在客廳桌上待繳的帳單裡，晚上出門和帳單一起帶出去，管理室人員核對過永望的名字之後，說恆昨天晚上已經替他繳清了三期十五堂課的費用，那時他只說，他要去轉角的便利商店買東西，對這件事隻字未提。

她回家坐在飯廳，等當天回去老家探望母親的恆回家，他回來之後架為他加熱晚餐特地留給他的綠竹筍湯，在已經換好居家服的恆面前坐下來，想好好跟他道謝。

才剛開口說了兩句，提到報名費時恆就突然拿出手機，給她看下午幫母親的透天頂樓菜園修剪水梅盆栽的照片，說方吉盆栽君從一頭亂髮的Rock Man變回豬哥亮頭了。把盆栽取名為方吉君，是有次過年帶永望回家的時候，他指著恆剛修剪好的水梅說：「是方吉君的菇菇頭。」

之後恆就一直稱它為方吉盆栽君，架看著手機裡開了零星幾朵小白花的水梅被剪成一絲不苟的香菇頭忍不住笑開，說這大概就像把大叔的鬢角剪掉一樣吧。

恆沒有要接續剛剛絮起頭的話題似的接著說他上供了一台平板電腦給老媽，結果她比自己還厲害，摸兩下就可以開始在沙發上翹腳追劇，還可以邊回朋友Line。絮此時起身去廚房，把電鍋關掉，掀開蓋子，一陣霧白的蒸氣撲面，她需要離開一下，否則會無法掩飾她的無從接話。

知道恆之所以買平板電腦給母親，是因為上次一起回家時，看見她總是把老花眼鏡卡在額頭上，辛苦地瞇著眼看手機，恆總是不會忽略這些，會用最輕的力氣接收，抹去所有下一步打算的痕跡，用最靠近需求的方式執行，言語對他來說是過於精密複雜、永遠無法上手的工具，就像他書櫃最下方那一排不同厚度的筆記本，密密實實地標上年分和日期塞滿了整櫃，收留他所有沒辦法完整表達的話。

以前跟他相處的時候總為了他說話過於精簡、確實、直線一樣的邏輯困擾，現在卻覺得這樣折了一半的話語，從不捕獵一般地追問，直接付諸行動的實際，替她預留了迴避的餘地，溫柔的支撐和掩護，她還未修築堅固、說不出口也不想承認的境況。

一起蹺課的那個傍晚，吃完冰棒的恆被在河岸邊跳躍的赤蛙吸引，立刻脫下鞋和襪子，踩進淺灘裡，他回頭跟絮說水很冰涼，一起來啊。對她伸出了手。

只要有恆在就沒關係。絮只要這樣想就毫不猶豫地也一起脫下鞋襪踏進水裡，不喜歡跟人肢體接觸的恆牽住她的手，感覺水底鬆軟的沙土被擾動，埋住整隻腳掌，和緩的水流沖刷過腳踝，河水有太陽的餘溫，一起踩上裸出水面的石頭，留下一雙潮濕的腳印。

在家門口時絜在拿鑰匙的時候一抬頭，就看見恆難得地直視她的眼睛，深黑的眼珠聚著細小的光亮。我們是共犯。他肯定地再說了一次。

週日下午，恆在永望結束繪畫課後帶他去附近的公園玩鞦韆，絜留守在家裡幫忙打掃和準備晚餐，天即將全黑之前恆跟永望才回到家。

一進門就發現他們一身的髒汙，恆的襯衫外套散亂地卡在肩膀，永望的上衣黏著樹葉，長褲的膝蓋處沾滿泥土，鞋子白色的部分也沾滿了土黃色，還沒等絜開口，恆就神祕兮兮地走到她旁邊，把一直用雙手包在胸前的永望的小外套掀開，裡面包裹著一隻看起來驚魂未定的灰色家鴿。牠一下把頭探出來快速地四處張望，絜驚訝地立刻問：

「哪裡來的鴿子啊？」絜發現自己提高聲音的詢問好像母親以前每次看到他們放學回家的反應。

恆說了等一下，先跟永望衝去後陽台，在放回收物的地方選了一個賣場拿回來的小紙箱，用膠帶黏貼底部固定好，把鴿子先安置進去之後，恆站起來就和絜鉅細靡遺地解說抓到鴿子的過程。

看到牠好像飛不起來一直在公園的沙坑附近徘徊，觀察了一陣子，脫下自己的襯衫慢慢走近牠，抓準時機在牠在注意其他小孩發出的聲響時撲過去，抓到後牠拚命揮翅掙扎逃脫了一次，幾個剛剛和永望玩在一起的小孩全都被恆派去當眼線，一發現就回來通報，最後在花圃裡面讓永望鑽進去把牠用外套包起來，絮聽到輕嘆了一口氣想著，怪不得永望全身會髒成這樣。

恆說牠腳上有腳環，應該是迷路的賽鴿，開始細數他觀察到可能是證據的特徵，羽毛緊密貼實透著光澤、龍骨圓滑、瞳孔明亮有層次、肌肉強健，手也沒停過地去廚房拿裝水果的塑膠盒裁成兩半，一半倒入五穀雜糧，一半裝水放進去，在底下墊了抹布和報紙，鴿子在箱子裡不停小碎步地沿著邊緣閃躲，喉頭發出警戒短促的叫聲，安頓好後抬去恆書房一個安靜的角落。

三個人在沒有開燈、一片昏暗的房間蹲在箱子旁，透過箱子兩側挖空提把的洞往裡看，牠像伸展一樣地拍了幾下翅膀，在裡面四處巡繞，爪子發出細小的摩擦聲，啄了幾口雜糧，眼睛在黑暗中微微發亮。

「那現在打算怎麼辦？你要養牠嗎？」絮細聲地問，在一陣忙亂後好不容易才抓到一個安靜下來的時刻可以插話。

「好問題，我還沒想到這裡。」恆回答，隨即露出他每次都需要花很多時間定格沉思的表情。

已經習慣此時必須讓出讓他好好思考到周全的空間，絮先把永望哄開，帶他回房間換衣服，過程中他一直媽媽、媽媽地喊，急切地說個不停，剛剛那個誰在圍牆上發現牠，又有誰一下太靠近把牠嚇得跳開。

沒有邏輯、直接脫口而出、只充滿單純熱度的話語，持續到絮把髒衣服丟進洗衣籃，把他帶到廁所站上小板凳把手和臉洗乾淨還是說個不停，看到洗臉台從他小手心沖洗下來的泥土淤積在排水孔周圍。絮想著不管恆長到幾歲，跟他一起生活都會被他為了探尋而滿布細碎的砂礫、鬆軟的土壤、斷裂的草屑、掉落的樹枝、長滿苔蘚的石頭、落在各處的羽毛、似遠忽近的鳥鳴、裸著雙腳踩進水中、大量昆蟲出沒的季節這些草莽的事物沾滿了全身。

永望此時剛好說到一個叫敏敏的女孩，絮根本不認識她，她一直迴避著去公園，也盡量不和住在社區的鄰居打照面或閒聊，出入都行跡簡單而快速，離婚回不了娘家，只能帶著稚子投靠弟弟，畢竟不是能隨口說出口的遭遇。也不希望恆為了收留自己，沾惹上鄰居的閒語。

「敏敏的爸爸說，舅舅、舅舅是怪人。」絮邊用蓮蓬頭沖洗他的腳，一分神只聽到永望最後結尾的這句話，她關緊水抬起頭，看到永望微微把嘴巴嘟起來，困惑又無能解釋的表情，這個詞他還不太明白，但也許他從這個人當下的口氣感覺得出來，這並不是一句好話。

絮想大概是這陣子他在中庭捕蛇，又在公園帶著一群小孩追著鴿子滿地跑的行為，又驚動了他們吧。

絮從小到現在不知聽過多少外人對恆的形容，描述他特異堅持固著的行為，抱怨他鋒利直白、不修邊角的話語，他對自己觀點的正確性堅決捍衛的執著，皺著眉頭說不管跟他碰了幾次面，就是不打招呼、認不得人、不看人眼睛說話的無禮，或就是這樣，單純地說他也說不上來，就是怪怪的。

好像恆身上始終散發著特殊的氣味，每個嗅聞到的人都由自己的感官評斷他身上刺鼻的味道，用各種方式干擾了他們。恆就慢慢被這些限制綑束緊，似乎長久都被囚禁在一個無法伸直四肢的小空間裡。

絮拿起手邊的肥皂搓出泡沫，用指腹抹上一小戳白泡點上永望的鼻尖。

「舅舅只是跟別人有點不一樣，不一樣沒有什麼不對。」絮回答，一邊搓洗他的腳。

聽到回答的永望還是露出疑惑的神情，絮繼續說：

「媽媽問你，你跟敏敏一樣嗎？」

「敏敏是女森。」永望發音不準地說著，用手掌把讓鼻頭搔癢的泡沫抹掉。

「所以你跟敏敏不一樣，每一個人都跟別人不一樣。不管別人怎麼說，只要你喜歡舅舅就好。」

「我喜歡舅舅，舅舅很好玩！」永望瞬間展開笑容，大聲地回應。

絮故意搔了一下他的腋下讓他邊抵抗邊笑出聲，腳還沒擦乾就跑往客廳，木質地板留下一排透明的小腳印，剛好被在餐桌旁用電腦的恆看到，恆起身碎念了他兩句，永望只是折回廁所門口的地墊上用腳掌隨便抹個兩下，就想要再去書房看鴿子。

永望想轉開門把的時候，恆把食指輕放在嘴唇上示意他要保持安靜，永望也回比了一樣手勢，刻意地踮起腳尖躡手躡腳地走進去，恆拿起抹布放在地上踩著來回擦去永望的腳印，經過廁所的時候像喃喃自語也像在跟絮說：

「明天先帶牠去給醫生檢查。住十四號三樓的阿公以前有玩賽鴿，他說可以給鴿子吃Wakamoto。」

「人的整腸藥可以給鴿子吃？你要弄清楚分量喔，還是先問過獸醫再說吧。」絮回答一邊把毛巾擰乾。

「鴿子又不會講話，當然給牠們吃這個，很合邏輯。阿公參加了賽鴿還贏了錢，這種事要相信專家。剛剛把鴿子挾在腋下亮給那些鄰居看。瞧！鴿子喔！可惜這些鄰居被社會馴化太久了，失去興奮的能力，他們比較在乎接回這些小兔崽子，然後趕回家吃晚餐，所以不懂欣賞捉到鴿子這件事的藝術性和刺激性。

我明天要像自由女神一樣，用右手把鴿子舉起來，唱伍佰的〈白鴿〉，但抓到的鴿子是灰色的，有點傷腦筋，灰鴿子似乎沒有什麼代表的曲目。」

說完一串話恆就把抹布拿起來轉身進自己臥室的廁所洗乾淨，之後那些像被他含在口中糊成一片的話絮就聽不清楚了，他的頭髮散亂地垂落，肢體有些沒有互相接通一樣的不協調感。

絮知道恆已經很疲累了，抓鴿子這種超出他排定時程的突發狀況耗盡了他所有的精力，現在就像超載的機具在原地空轉。絮走出浴室看了一下時鐘，六點二十五分這時他們應該已經要坐到飯桌前吃晚餐，吃食速度一向快速俐落的恆此時應該都已經吃完了。

絮了解恆從小對時間的規畫安排有獨有的排序，就像他自己拿著紅色的圖釘完全依順著自己的規範標註，釘牢每一刻都不容差錯。

跟他生活的這幾個月，絮已經完全理出他重新整理出的排程，早上幾點鐘起床，固定吃哪一家的早餐，點類似的餐點，再彎一個路口去他搬過來之後就只認定的一家咖啡廳，買一杯加了肉桂粉的咖啡，老闆都認識他，說他是報時機，每次看他光顧就知道現在是幾點，肉桂粉只能撒一次多一點，他說一次太少，兩次太濃，他試驗過很多次一次半剛剛好。

絮記得他不喜歡太強烈濃郁的味道，曾問他怎麼會開始喜歡肉桂？他只是面無表情地說他還是不能接受，只是在上班之前喝一口，碰觸到那個味道會讓他全身毛細孔都豎起來排拒一樣地厭惡，他就可以腦袋清醒地去上班了，是他每天早上都會執行的「腦袋重啟儀式」。

現在在家工作，這個醒腦的習慣他依舊保持著，每次家裡早上八點到九點之間的一小時內，空間裡就會留下淡淡的肉桂香味。下午有五個鐘頭的工作時間，時間一到他就會起身，開始洗米煮飯，準時按下電鍋開關，之後固定從走廊開始向內打掃的時間，地板要來回抹，不能左右擦拭，否則灰塵會堆積在牆角。

做完掃除接著運動健身，項目也是每天都一樣，伏地挺身、仰臥起坐各五十下、舉啞鈴三十次，吃晚飯時打開電視看一小時。飯後整理、洗澡的例行公事做完，他會倒一點五指高的威士忌，打開電腦玩數獨遊戲。

絜和永望加入生活之後，就像以前在老家一樣，截然不同的生活習慣像靜電隨時觸發各種臨時的狀況，這些原本牢固無縫的安排時常必須調動挪後，他有時會焦慮得像雙腳都被纏在這些沒有規律、盤根錯節的事物中，跟他無法輕易毀壞的固執一起動彈不得。

某天的星期三下午，絜在書房工作時請恆看著在客廳桌上畫畫的永望，好一陣子空間裡都只有三個人在各自的地方做事時細瑣的聲響，永望替換色筆的顏色、恆移動繪圖桌上的平行儀、絜翻動桌上的資料都聽得見的安靜，過了幾個鐘頭後她隱約聽見恆在跟永望說話的聲音。

她把工作告一段落起身去客廳，看見恆盤腿坐在永望旁邊，表情認真地跟他解釋如果畫兔子這個側面回頭偏過來的角度，是不會看見粉紅色的內耳的，尤其堅持永望另一張模仿鳥類圖鑑畫的綠繡眼背上的顏色應該是黃綠色不是綠色。

永望還不太能明白黃綠色這種混合色，恆就挑出色鉛筆中所有的綠色和黃色開始試著調色，他用永望隨手塗鴉的畫紙背面把兩種顏色疊成色塊實驗，像在細細拆解什麼精密儀器。

永望本來還興致勃勃看著恆把圖紙一下拿近一下拉遠，用手指抹或拿起來透光看，但感覺恆只是一直機械式地重複差不多的動作，不到十五分鐘他就開始感覺無聊，把削色鉛筆的木屑和橡皮擦屑拿來玩，邊哼著怪腔怪調的數碼寶貝主題曲。

絮知道恆不是想陪永望畫畫，而是又獨自窩進鑽研的深洞，不求出一個最接近理想值的方法絕不會停手。

她輕聲把永望叫過來，給他洗了一把昨天在超市買的藍莓加在優格裡當點心，永望坐在餐桌椅上搖晃雙腳，用小湯匙一顆顆把藍莓撈起來吃，故意讓藍莓汁把整個湯匙上的優格都染成紫色然後開心地笑個不停。

絮托著下巴看著他們總是可以隨手地觀察到一個想要關注的母題當模型，然後就投擲大把的時間找尋能讓它們被建構起來的元件，無論何時都可以全心投入進去，好像只是在一個什麼都沒有的荒地持續地走，只要不興起任何想要干涉介入的念頭，反而讓自己能夠放鬆下來，允許自己只是看著他們放空發呆。

永望沾得嘴邊到處都是才慢吞吞地把優格吃完，絮起身替永望擦拭時，聽到恆喪氣地自言自語說：

「既然加了橘黃色會變成橘綠色，加了深綠色會變黑色，那廠商就該開發一個中間色的黃色跟淺綠色啊。」

說完他就把色鉛筆照著色階深淺依序擺回盒子裡，看了一眼時鐘，就自己鑽進廚房開始洗米煮飯。

有一天晚上他突然拿著永望畫的綠繡眼，神采奕奕地說他終於找到對的黃綠色了，只要畫上亮黃色加綠色然後用澆花的噴霧器噴一次水，讓顏色暈開十五秒馬上吹乾。這已經是那天下午過後三天的事情了。

在公園落難的賽鴿隔天被恆帶去獸醫院檢查，除了右邊的翅膀內側有個開放性的撕裂傷之外，身體很健康。傷口每天帶去獸醫院清洗、消毒、換藥了五天，傷口漸漸地收合結痂，恆就開始把牠從盒子裡放出來，在家裡到處閒晃。

剛開始還很警戒的只要有人聲起來走動，就會敏感地拍翅飛到電視櫃或冰箱上這些高處躲藏，一個星期後牠已經可以自在地在全家看電視的時候飛到客廳桌上，想要啄食恆拿來下酒放在盤子裡的綜合堅果，絜也習慣了早上一起床打開門，偶爾會有影子從眼前突然呈弧線飛過而不覺得驚嚇。

在獸醫說牠完全康復不用再回診的那天下午，恆就問絜要不要來？要跟永望一起把牠放走，考慮了三個星期，他終究沒有選擇把牠留下，這也是絜預料中的結果。

恆對每件事總是嚴密排除、重列、篩檢地反覆精算才會下決定，從不會以情緒或慾望當成首要先決，就像他這麼著迷於鳥類，從小卻從沒要求過要飼養牠們，是因為他曾說過，像信天翁這類的大型鳥類，身長就有一公尺，翅膀開展到最寬可以達到四公尺，飛行速度最快的雨燕，身型像彎曲的鐮刀，最快時可以達到每小時三百五十二點五公里，牠們天生的構造和演化方式就不是為了籠養而生，他用這種無比冷靜、節制清醒的思維看待每件事，仔細慎重地為決定畫上清晰的銳角和輪廓。

他們決定在離公園不遠一個空曠靠近山邊的停車場放飛牠，絮牽著有些捨不得、哭喪著臉的永望，恆抱著裝有鴿子的箱子，一路跟永望說鴿子之後就再也不用辛苦地比賽，可以自由自在地生活，還說有餵牠吃Wakamoto，腸胃健康眼神閃閃發亮，牠一定可以堅強地活下去。下午的停車場幾乎沒有人車走動，恆選定了一個靠近樹林的位置，回頭跟永望說打開盒蓋，讓鴿子決定要不要走或什麼時間想走吧。

永望忍著眼淚走近箱子慢慢掀開盒蓋之後退開，鴿子一下把頭伸出箱外，就立刻毫不猶豫張開翅膀往樹林深處飛去，留下散落在盒子裡的白色絨羽和一根完整的淡灰色飛羽。

「小鴿拜拜！」永望上前跑了兩步對著鴿子消失的方向哽噎地大喊，用掌心揑緊外套的袖口擦去擠出眼角的淚水。

恆把飛羽撿起來，蹲到永望面前把羽毛放在他手心，說這個是能讓牠在空中飛翔、很重要的飛羽喔，永望握著羽毛，終於抽抽噎噎地哭了起來。

他一邊用掌心抹臉，往前傾把半身的重量都靠在恆的肩膀上，恆毫無準備地承接這個突然的重量，很不熟練地一時間無法平衡，身體往後傾倒，他只能一隻手扶著永望的背，另一隻手掌心向後貼地支撐，順勢地坐在地上，永望也依著他的動作整個躺在他的胸口。

「十、九、八、七……」永望一邊抽噎著一邊倒數秒數，因為絜曾經告訴過他，舅舅不喜歡抱抱，最多只能抱十秒鐘。

「沒關係，不用數啦。」恆有點哭笑不得地說。不停掉落的眼淚和鼻涕抹濕他的襯衫外套，恆只是盡力地維持這個不自在的姿勢僵硬地支撐著，沒有抱住永望，但也沒有把他推開。

事情發生得太快，絜還沒來得及接住永望他就已經跌在恆的身上，絜愣了幾秒以為恆會立刻把永望拉起來，他卻辛苦地維持這個姿勢還用很笨拙的手勢拍拍他的背。

絜不自覺地輕笑了起來，很不想破壞這一刻似的慢慢走過去蹲下，從背後把永望抱起來坐在自己腿上。拿出早就準備好在口袋裡的手帕，幫他把抹得滿臉的眼淚鼻涕擦乾淨，輕聲地哄他說把鴿子放走了好勇敢，等下帶他去便利商店讓他選一個喜歡的零食，今天限定，什麼都可以。

他抽著鼻子說想吃巧克力冰淇淋，還回頭問恆想吃什麼，恆起身拍拍衣服和褲子上的塵土，拿起空盒子說：「舅舅的那份也給你吧。」

他把空盒子倒過來，盒子裡白色的絨羽像蒲公英一樣隨風飄散無蹤。

4.

椝幾次在凌晨睜開眼睛，天色混濁不明，四周都還未被透光顯象，身邊的永望側身發出熟睡均勻的呼吸聲，看向門邊底下的門縫又滲進客廳的燈光，椝知道恆又已經醒來了，因為思慮過盛，他總是淺眠，難以入眠也容易清醒，椝曾經開玩笑地說，真希望像他一樣天生內建早起的技能，恆才苦笑地回答，是因為根本睡不著。

椝才知道他經常失眠，厚重繁多的思考就像針尖一樣不停穿破意識，醒來就找不回睡眠的入口，在拿起來無解又只能放回原位的問題裡翻來覆去，耗心費神像整夜都在摸黑行走，實在沒辦法了，就只能起床。

椝打開房門走出去，看到恆坐在沙發上，拿著永望替他從山上帶回來的紅隼羽毛，透著光線看或用指腹輕輕滑過觸摸，專注的樣子就像光是這根羽毛就有窺看不完的底細，椝有時甚至會羨慕他對心繫事物的喜愛從不見底，可以投注永不饜足似的著迷。

絮拉好自己披上的薄外套，走到他身邊坐下，沒有開啟的電視印出他們的身影，既疲倦又放鬆完全沒有修飾的模樣。外面的天空漸漸打亮光線和鳥鳴，還有桌上兩個壓克力盒裡面兩隻獨角仙雄鹿般的犄角碰撞盒面的聲音。

那又是恆帶永望下午去附近的登山道散步，在一條小徑的光蠟樹上帶回來的，昨天絮從外面回來的時候，剛好看見恆竟然打開樓梯間的窗戶，身上什麼防護都沒有地爬到窗外的平台上用小鋸子鋸著樹枝，她立刻驚訝地尖叫把手上的購物袋丟下，把半身伸出窗外緊抓住恆的雙腳，緊張地說：

「你到底在幹什麼？這不是管委會的事嗎？我扶著你，你趕快下來！」

對比絮的激烈反應，恆只是平靜又語帶困擾地說：「抓那麼緊我哪裡還動得了？這樣反而很干擾，妳先放手吧，我剩一點點了，鋸完就好了。」

絮只能慢慢地把手放開，看向旁邊敞開的大門，永望正在走廊上興味盎然地看著放在手上透明盒裡爬行的獨角仙，什麼都不能做的絮只能捏緊雙手，看恆抓著一段樹枝穩穩地蹲著移動到窗邊回到樓梯間，你到底在做什麼？絮只能跳針一樣地再問一遍。

恆從開始進入登山道的時候說起，說著邊進門，看到在永望手上力大無窮的獨角仙一隻腳已經鉤上了透明盒的邊緣正要爬上他的手，恆立刻衝過去把牠抓起來，卻被牠雙腳的倒鉤刺得大聲喊痛，絮只能無奈地說：「好了，你別說了！趕快把牠們處理一下吧。」

恆帶著永望布置獨角仙短暫的居所，絜才知道原來恆鋸樹是為了要在裡面鋪上碎樹皮，恆說也不會讓牠們待太久，現在是繁殖季，兩天後就會把牠們放回去了。

絜看著牠們在盒子裡吸食晚上切半放進去的李子，把背斜躺在沙發上慵懶地問：

「你平常就是這樣嗎？撿這麼多新朋友回家。」

「沒有。你們住進來之前我對工作槁木死灰，杜門不出，離群索居，只有帳單會準時寄來，出門只做必要的事情。是因為帶永望出去他總是會說想要去看其他的地方。」恆一邊回答一邊打了個大呵欠。

絜偏過頭看著恆的側臉，已經刻滿年歲的稜角，離開家之後轉眼間彼此都在自己重建的生活裡兜轉了好多年，現在又因為面臨岔路口聚在一個空間平分一切，對彼此而言都埋下新的起始，還不知道會滋養什麼從未來重新探出頭來。

永望變造了恆的生活節奏。這幾個月她也發現永望比以前更有精神，也少會因為缺少陪伴而委屈得說不出口只能哭出來，恆都說他像一本行走的題庫，時常聽見他不停地對恆提問和清亮的笑聲，每天都像放暑假一樣玩得精疲力盡，晚上也睡得很好。

在以前的環境她忙得只能每天跟他進行最基本的日常起居對話，現在他會說的話像集匯了不同的素材一樣快速地增多，因為新加入從未接觸過的事物而翻新，從沒有語境的疊字變成可以表達的牢固詞彙。

去美術教室接他下課時，老師拿著他畫的蝸牛說他的畫比一般的小孩能夠抓到構圖和細節的重點，畫面完整甚至精確，那都是因為恆只是把蝸牛帶回家當成線索，引動他用自發的照顧每天解答一點他旺盛的好奇，她幾乎不用費心再安排永望的生活。

她在離家前跟恆有一段時間因為無能溝通、身邊湧進了各式各樣比家人還要優先開展的事情而漸漸疏離，他們的眼光分別落在不同的地方，好像在漆黑的山洞裡丟失了唯一繫在對方身上的繩纜，再也沒辦法走回他所在的方位。

每次逢年過節見到他的身影，吃完飯他就會安靜地獨自走開，像輕薄到透光的紙一樣，似乎在說，他沒有說出瞬間捻熄餐桌氣氛的話，沒有表現出他過於顯眼的怪異，讓大家都盡興吧，如此而已，他不要任何人記得他曾經在場。絮現在甚至懊悔從沒在他離開總是找一個沒有人的地方待著的時候，試圖去尋找他。

一年私底下見面的次數不到兩次，有時打電話過去，如果他沒接到自己轉身就投身於忙碌之中很快就淡忘了，前一個星期她發現恆書房的玻璃櫃把手上掛著一模一樣兩個觀音廟的護身符，她順口跟恆提到自己很久都沒去那家觀音廟拜拜了，恆只是淡淡地說，是那時永望要出生的時候，他幫絮祈願生產一切順利時求的，那時想去探望絮順便拿給她，但她一直都說沒有空。

後來她來家裡總是只待幾個小時他也都忘記拿給她，就這麼一直擱著了。絮低低地說了一聲抱歉，恆回說小孩剛出生很忙亂吧，無所謂啦。絮回到書房就把護身符解下來，一個放在自己的皮夾裡，另一個綁在永望的背包上。

她一直以為他是理所當然的存在，總是隨意輕怠，是不用費心維持都會為她燃燒指路的火苗，但現在她在外面建造的一切全都支離破碎，她才回到這裡和他血緣相連地一起嘗試，一個家的模樣怎麼在漸漸地摸索裡復原。

絮拿起恆放在桌上的紅隼羽毛，思考了一下開口：

「下次我跟永望再上山看朋友的話，要不要一起去？永望出生後我們從來沒有一起出門玩過，他在山上看到鳥羽毛都吵著要撿回來給你，如果你一起去他一定會很開心。」絮看著恆一如往常陷入無語的沉思沒有回答，她難得地將手放上他的肩膀。

「不用急，你慢慢考慮。那是個很和緩又開闊的郊山，上山的車程也很單純，而且我覺得你一定會很喜歡那裡。」

她說完向後躺閉上了眼睛，想著雖然不知道會不會給文時帶來困擾，但自己就是想為恆做點事情，帶他去曬曬山上的陽光，也許可以親眼見到在天空滑行的紅隼。也想要帶著家人去見文時，誠實地剖白，坦率地全部敞露，他們是我僅存的一切。我也終日不停地在想辦法閃避現實的尖刺，必須清醒地面對一切瀕臨斷裂的考驗，未知的恐懼每天都在腳下又鑿開得更深了一點，和你一樣。

過了幾天，絮傳了通訊息詢問文時下次去探望他時，是否可以帶恆一起去？文時過了五天才回覆：「如果令弟不嫌棄這裡很無聊的話，歡迎他來。」

還傳了一段他拍到鳳頭蒼鷹來自己屋外的走廊上捕食麻雀的影片，一群山麻雀專心地啄食露台上的米粒，鳳頭蒼鷹的影子盤旋掠過，一瞬間展開雙翅俯衝下來，利爪勾走一隻來不及飛散的麻雀，牠飛到另一邊走廊的木柱上立刻開始拔毛、撕裂麻雀的身體。

絮馬上把影片轉發給恆，在工作中的恆罕見地馬上分心停下手上的事情，入迷地看影片，重播了好幾遍，不自覺地轉動椅子，興奮地自說自話：

「這隻是公的，牠胸前的縱斑比母鳥還偏赤褐色，頭部的鼠灰色也很明顯，牠真的會在捕食之後用翅膀護住獵物！」

聽見恆開心的聲音，永望也湊熱鬧地繞圈在恆的旁邊一直吵著要再看一次，他甚至讓永望坐到腿上，指著螢幕說：「你看牠拔下來的毛剛好是一隻麻雀的量耶！牠是除毛高手、天生的美食家。」

此時絮幾乎確定他下次一定會跟著上山。這個影片引起他最熱烈的興趣，絮從小看到大的，毫不遮掩他想要對這件事精細的、抽絲剝繭探求的火花四散在他的話語之間。

果不其然恆在之後的幾個星期，去賣場看到露營用品區總是會靠過去閒逛，把展示用的攜帶型汽化爐拿起來端詳，喃喃自語地說：「去山上的時候也許會用得到……」

雖然絮一直在心裡想著只是當天來回的行程用不著這麼誇張，但計畫周詳、縝密的安排和預想也是恆的行前樂趣之一，她也就只是安靜地待在旁邊聽他說滿快十五分鐘他比較了各式汽化爐的優缺點。

過了兩個月，時節漸入初秋，文時才再度傳來訊息，說這陣子狀況不錯，幻聽僅是偶發，醫生也說他進步不少，絮他們可以安排時間上山。

尾句還說他最近時常想起絮在唱歌時平穩的尾音和微微仰頭的模樣，自己的手指在鋼琴上滑音的觸感。還有蜂鳥最近叼來了一個新的物件，是一顆杏仁。她來的時候想跟她說說關於杏仁的故事。

絮坐在餐桌上讀著這個訊息，想著我也常常想起你在休息室幫我縫扣子時下針的姿態，還有上次你送我們上車前，站在芒草叢裡為我們送行的站姿。一直沉入深處的疑問緩緩地像湖底的氣泡一樣浮上心頭的水面。

她起身走到正在喝茶休息的恆身邊，跟他說朋友傳訊來說最近可以上山去找他了。恆立刻拿起身邊的行事曆，調度時間把工作排開。絮在恆專注的時候從不會出聲，再丟一個他需要同步處理的另一個問句。她雙手拿著手機，思緒有些恍然，右手大拇指撫過螢幕上的字句，螢幕因為觸動面板整個亮了起來，清晰地打亮蜂鳥兩個字。

台灣是沒有蜂鳥的。絮想著。就算自己對鳥類的知識沒有恆涉獵如此深入，應該也不會錯才對。但恆就在眼前，她也沒打算問出口，甚至只要打開網路搜尋關鍵字就可以馬上知道答案。

絜只是了解這就是文時的幻覺，將他受困在無人之境的病變，把眼前的事物一片片切落不成形，清醒著卻只能看見一無所有之處幻覺與現實緊密相連，她也只能幫他守著這一切似的保持沉默。

恆確認了四天後，絜拿起手機回覆了文時，打上了日期還有簡單的一句：

「見面時，我會好好聽你說。」

恆在出發的前幾天不停地注意氣象，前一天晚上他在收拾背包的時候說，傍晚可能會下點小雨，便把自己的兩件防水外套和永望的小雨衣摺成捲筒狀塞進去，手電筒、行動糧、瑞士刀、水壺、他新買的汽化爐、茶包，甚至可以摺成一個小長方形的攜帶型毛毯，絜在旁邊看他清點物品看到眼睛發愣，為什麼只是一天的行程要增加自己那麼多負擔呢？絜真的不能理解，但看他如此熱衷的模樣又覺得只要他開心就好。

永望早就收拾好他的小背包被絜早早趕去睡覺，他在旁邊礙事的話恆可能要被拖延到半夜還收不完，她只是坐在客廳桌前，拿著飲料托著下巴看著他嘴上一直念念有詞地穿梭在房間和客廳之間，他轉進廚房在櫥櫃裡翻找了一陣，找出一包能即刻補充體力的能量飲品看著沉思。

絮終於忍不住出聲：「那是你打算在永望走不動要背他下山的時候喝的嗎？」

恆摸著下巴無比認真地回答：「總是有用得到的機率。」

絮搖搖頭，他果然聽不出自己在笑他。

隔天恆果然起得最早，不只已經張羅好早餐，也把三人的背包都重新確認過放在沙發上，他的登山包已經完全塞滿物品又漲又鼓，絮坐在餐桌上側著身體把恆買的蛋餅放到嘴巴裡，看著他背包的狀態眼神放空地咀嚼，明明昨天睡前還沒那麼誇張的……只能慶幸好險他平常有在健身。

恆在他們吃早餐時一直注意時間，催促睡眼惺忪的永望飲料喝不完就倒進水壺裡帶去車上喝。為了在山上待久一點，他決定要坐上山的第一班車。

在恆的監督下他們準時上了遊覽車，恆因為去了趟洗手間排在隊伍的最後面，幾乎全車的人都已經找到位置坐下，恆卻還沒上車，絮讓永望坐在窗邊，看不到外面的情況，她要永望不要趴在窗邊在椅子上坐好，越過永望拉長身體看見恆在跟司機對話，與其說是對話，倒像是司機一直單方面地發問，恆一直維持著雙手拉著肩背帶的姿勢，表情有些茫然地不知如何回話。

已經快到發車的時間，司機放棄似的對恆擺擺手，示意恆快點上車，恆快步地上車，用最快的速度把背包塞到座位上的行李架裡，在絮旁邊的位置坐下來。

「怎麼了嗎？」絮小聲地問。

恆回答說司機一直問他有沒有行李，他想一想覺得自己確實有行李啊，就是背上的背包。他不明白司機究竟是什麼意思？絮說他是問你，有沒有大型的行李要放進車子的行李箱，恆嘟喃地說那他沒有說清楚啊。就從口袋裡拿出一條橘子水果糖跟絮說，剛剛買的，拿給永望吧，吃酸性的糖果比較不容易暈車。

絮接過後恆就把外套拉好，雙臂抱在胸前閉上眼睛養神。接下來的二個多小時，不管多麼強烈的陽光照在身上和入山後連續上坡的蜿蜒道路都沒有讓他睜開眼睛，但即將到達目的的十分鐘前他就清醒了，還轉頭提醒絮要準備下車。

他們下車後永望就迫不及待地拉著恆想往前跑，說上次哪裡的樹上有鳥巢，靠近水邊的哪裡有青蛙、有小魚還有可以吃的果實。他們快步地就想往樹林跑，絮馬上叫住他們，他們一起回頭呆愣地看著她。

還沒去跟文時打招呼啊！絮心裡想著。但安排今天的本意就是難得讓他們上山放鬆玩樂的，就算了吧，晚點再說，反正有一整天的時間。

她笑著搖搖頭說沒什麼，自己去看朋友，你們先去玩吧。彼此確認了手機都收得到訊號，叮囑恆不熟悉附近的環境，要隨時注意安全和看緊永望，先在湖邊繞繞就好，不要跑太遠，約定了幾點鐘在文時家集合，就在站牌前分開。永望和恆轉去湖邊的木棧道，絮走進通往文時家的小徑。

恆和永望的聲音漸漸因為拉遠距離而消失，通往文時家唯一的小路依然被高過人的芒草包圍，風一吹就抖落葉面上的露水，每一步都要靠腳掌壓實折斷在地面厚厚的草莖，安靜地彷彿正踏入另一個與一切無關的分界。

撥開芒草之後，文時的家就佇立在薄霧中，比起上次幾乎被周圍的山林、綠藻、真菌吞沒的狀態，看得出他稍微試著修繕了外觀，為腐朽剝落的部分換了新的木片，看起來十分顯眼。

她走上門廊前四階木梯的最後一階，文時就打開了門。他們不約而同「啊」了一聲，看了彼此幾秒鐘，只是傻氣地衝著對方笑。

你們早到了，我本來要去站牌前接你們的。文時說。話語的音重和落下的速度仍然十分綿長緩慢。但絮發現他今天的穿著有特地梳理過的素淨，跟她前幾次見到，身上總是有不合時宜的衣物厚度或搭配，甚至有時只穿一腳的襪子，黑鬱空洞的眼神、亂長的鬍渣和毛燥的頭髮差別很大。

「你今天看起來很有精神。」絮說。

文時很不好意思似的低下頭，還是沒辦法把眼神定焦在絮的臉上，眼皮因為緊張而眨個不停。先進來吧，他說著把門整個打開，身體貼著門讓出進屋的路。

「小朋友跟妳弟弟呢？」文時在她換穿拖鞋的時候問道。

絜說別說了，一下車就興奮地人都認不得的樣子，就先讓他們自己去玩了，我叫他們中午要來跟我會合。絜走進屋內，在文時替她擺好的藤椅上坐下，屋裡仍然充滿著熟悉的、原木的木質氛香，還有一點點不明顯混合了泥土和草葉氣息的濕氣。

客廳一向整淨的桌面多了幾個紙盒，文時輕聲地說：

「是從協助精神病患的職訓中心領來的，最近，想要試著做一些簡單、重複性高的手工，可以幫助訓練專注力。」

他從紙盒裡拿出一個內容物，是火種的心，他說。

那是暗深紅色的蠟塊，崎嶇的表面像在腐爛泥地裡深埋過後的種子。他用指尖拿起這個幾乎沒有重量的蠟，再仔細地分開一張四方形的蠟紙放在掌中，把蠟放在中心，將它用蠟紙包起，輕輕扭轉。他的動作緩慢得就像火種已經燃燒成火焰，而他小心捧著它，連呼吸都收斂似的不讓它熄滅，火焰收起火種的心，就像他正憑藉這些單調的工作燒出焦黑的軌跡裡闢出一條重回日常的捷徑。

絜看著他拿著火種的手指，跟曾經靈活的滑過琴鍵上的是同一雙手。現在卻只希望他能好好地讓這些火種的心成為助燃的引線，像重新再學會彈奏第一個音節。絜接過他做好的火種，輕得幾乎感受不到，她只能讓嘴角揚起一點微笑，每次絜都覺得所有的話都只能卡在喉嚨裡淤積，沒有一個字可以剛好裝進這個時刻，什麼詞語都脆弱地撐不起眼前的一切。

窗外起風掀開了色澤陳舊的窗簾一角，兩三瓣枯葉跟著吹落地板，沉默慢慢在室內積累起來。文時開口：「我還開始學著種一點蔬菜，妳想看嗎？」

絮點點頭，文時慢慢地站起身，站起來時他像要杵穩重心似的搖晃，藥的關係。文時說著露出絮常見到的、沒有情緒意味的微笑。醫生嘗試換了藥，真的比之前有效多了。他補充地說。絮並不了解藥對他病程推進、調節、瓦解的全貌是如何，只能跟他一起沉默地保持笑容。

他們一起經過廚房，朝後門走去，文時轉開門把時在門前稍微停頓，指著廚房流理台前半敞開的木窗說：「蜂鳥每次都從那裡進來。」

絮看向窗口，窗外旋繞的小灰蝶偶爾飛進來停在木盤上，和煦的光線讓周圍的事物邊緣都服貼著光暈。

「他叼來的東西我都放在那個抽屜裡。」他又指著放在流理台對面一個木色沉穩、十分老式古樸的木桌，桌面跟桌腳充滿長年磨損的各種痕跡，中間只有一個插著有點生鏽鑰匙的小抽屜。

絮看得出神，想著文時是用什麼站姿跟表情待在這個蜂鳥造訪過的角落，這個幻覺和現實重疊共存、到處都是模糊殘影的空間，把沒有實體的東西放進抽屜裡。直到文時打開後門說，出來吧。絮才回過神來。

這是她第一次來到這個家的後院，雖然看得出他稍微整理了一小塊栽種的空間，四周還是有著雜草叢生的凌亂，攀藤植物爬滿了屋子的梁柱，兩棵比鄰的蓮霧樹上結滿熟成的紅色果實，已經裂果的全都掉在地上，文時說他有採了一些，喜歡的話就多帶一些回去，他一個人吃不了這麼多，掉下來的就當肥料。

他指著角落的桑葚樹，說已經好幾年都不結果，營養不足，它為了維持基本的生存機制，進入了長年不結果的休眠狀態，他重新翻土了幾次，希望能讓它醒過來。

角落盛開的海棠和捽裂果實的蜜香吸引了眾多的蝴蝶和蜜蜂飛舞環繞，滿園都充斥了蜜蜂振翅的聲響，文時蹲下來，抓住一叢葉莖，從鬆軟的土堆裡拉拔出一棵紅蘿蔔，輕抹掉沾附的土壤，抬高給絮看。

「好小一棵啊。」文時細聲地輕嘆。

絮接過它，蘿蔔整株都呈現有點彎曲、細小、瘦弱的樣態。絮環顧周圍，搭建到一半、有點歪斜的圍籬，整地翻出的碎石還堆在一旁，固定在圍籬支柱邊的秋葵也每一支都看起來個頭偏小、養分不足，葉子有些虛弱地低垂，地瓜葉也不茂盛。絮想著這裡到處布滿了文時不願意就此被疾病荒廢、不願被無力徹底掩埋所做的努力，就算每天都只能為這件事多施一點點力氣、收穫永遠養不大的事物也好。

文時說狀況不好的時候，就沒辦法每天打理它們，缺乏照顧就都長不好，但是味道還可以。所以本來想養雞，這樣就有雞蛋可以吃，後來也打消念頭了，還是不要著急，先恢復到能把這些作物種植成正常大小的時候再說吧。

文時拍拍手上的泥土站起來，走到旁邊一塊剛整好的區域旁邊說，我還打算在這裡種一些番茄、黃瓜。這是絮這幾次探望他以來，感受到他有明顯的情緒像穩定的浪擊、像溪水開始潺流那樣有了流向，稍微離開了以前漂流、僵閉緊鎖的失根狀態，絮不想錯過這些微小的改變一樣細看他的每個動作。

文時折回屋子裡從冰箱拿出切好的一大盤蓮霧，想說今天多來了一個客人，不小心就切太多了。他把蓮霧跟叉子放在門廊外的摺疊桌上，拉開靠牆的兩張摺疊椅，擦乾淨放到絮面前。絮坐下來，用手拿了一塊蓮霧咬下，一隻蜜蜂很快地被果香引誘停駐在上面吸食，文時揮手趕開牠的時候拉了一下右手寬鬆的袖子卡在肩膀上，露出絮曾看過的那道長長的傷疤，深陷進肉裡，把旁邊的皮膚繃緊出不平整、垮落的摺痕。

絮沒辦法把眼神從那道顯眼的傷痕上離開，文時也注意到了，他用一種坦蕩直率的口吻說：

「這不是受傷，是除皮手術留下來的疤。」

「除皮手術？」絮疑惑地重複了一遍。

「我年輕的時候曾經一度胖到一百九十公斤，搭配心理諮商的減重花了一年，動過兩次除皮手術，切除減重後多餘鬆弛的皮膚，再花半年的時間復健。」

聽到那個數字絮微微把眼睛睜大，反觀他現在幾乎可以算是清瘦的骨架和身形，她低低地說了一句：「好難想像啊。」

文時的語速緩慢，像他要花很多時間把在腦中無重力浮游的字一個一個拿起來對照是否正確，他把右手抬起來，做出用食指跟大拇指拾起一個小型物品的手勢，望著兩指腹間的空洞。

他回想起蜂鳥叼來的一顆杏仁，輕巧、飽滿的橢圓、突出的尖、表面有細密的紋路，充滿濃烈的核果香氣。他一聞到那個氣味，就想起他人生吃的第一塊蛋糕，是十三歲在跆拳道場裡的辦公室，一塊教練的妻子親手做的杏仁奶油蛋糕。

一陣足以掀起地面枯葉的風吹亂他們的頭髮，文時用幾乎會被風吹散的聲音說起他父親從小對自己嚴厲設下的限制牢籠、鎖死他做出任何享受童年事物的壓迫，所以他到十三歲都沒有吃過零食的記憶，更不知道是什麼味道。

他有次放學在等公車的時候，座椅上有個大概二年級的小朋友，手上拿著霜淇淋，看著白色看似很柔軟的部分慢慢消失在他嘴裡，直到他要搭的公車已經到站離開了他都毫無所覺。

國中一年級的時候父親不顧他的意願，就幫他報名了租用學校場地的散打課程，每天放學後兩小時，熱身、二十分鐘的出拳練習、打沙袋、練習柔道的自由跤、打拳靶、腿靶……。對極度不喜歡這種格鬥型運動的他來說每一秒都很煎熬。

那時在發育期卻被父親用不恰當的方式嚴格管控飲食，體格發展得不好，在班上顯得十分矮小瘦弱，耐力也不足，還曾經累到在結束後就衝去門外的水溝旁嘔吐。

教練知道他體力不好，觀察了一陣子之後也不會特別勉強他，只要他有盡力學習就好，對他進步的程度完全不要求。在他每次跑步熱身總是落後，練習閃躲的時候腳步凌亂、輕易地被人家揍和摔在地上被其他同學嘲笑弱雞文的時候，拉開嗓門叫他們閉嘴，嘲笑別人並不會顯得自己比較強悍。

在一次同學間互相對打的實戰練習，一向個性激進、喜歡逞凶鬥狠的同學毫無節制力道地往他的頭部重踢一腳，雖然有戴著護具跟虎齒，一瞬間重摔落地的衝擊還是讓他一陣昏眩，四肢癱軟完全無法動彈，口中也滲出血腥味。

教練知道對方是刻意攻擊，立刻停止了課程，用最快的速度把看起來全身無力、幾乎失去意識的他送到醫院。文時說護具幫他承受了大部分的重擊，他其實沒有昏過去，他聽得到教練震怒地斥責攻擊他的那位同學，其他旁觀同學慌亂的腳步和私語，練習場的工作人員蹲在他身邊焦急輕喚他的名字，除了頭暈和口腔裡撕裂的疼痛之外，其實他還是可以感覺到背脊、腹部和四肢殘餘的力氣，但他就是不想再站起來了，彷彿忍耐到極限的痛感剖開一條似乎把身體一分為二的龜裂。

而且對方就是第一個帶頭起鬨叫他弱雞文的人。他現在自願放光所有重新站起來的意願，終於有機會只要倒地不起就可以反擊他。

醫院檢查確認他沒有腦震盪，嘴巴裡有撕裂傷還有輕微的營養不良。教練通知了雙方的父母，對方的母親在下班後立刻著急地趕來，不停地跟教練和文時鞠躬道歉，文時完全沒有抬頭看他的母親，他只覺得全身都好痛，從胸口的中間開始蔓延，接觸電流的那種帶刺的尖銳疼痛。

文時的父親只是在電話裡冷淡地說，鍛鍊本來就會受傷，還覺得教練大驚小怪，完全沒有來接他回家的意願。

教練掛下電話，看向坐在辦公室一角縮著身體、低垂著頭和肩膀的他嘆了一口氣，收拾自己的隨身物品，把燈關掉，空曠漆黑的道場像真空一樣，一點點聲音就放大成回音，教練蹲到他面前，輕輕地拍拍他的肩膀，溫柔地說：

「走吧。教練送你回家。」

文時沒有反應，放在膝蓋上的掌心慢慢收合起拳頭微微地發抖，教練偏下頭試圖看清楚他的表情，擔心地問：「怎麼了？是不是哪裡會痛？」

他的眼淚潰堤，不停交錯滴落眼淚和鼻涕，咬緊牙關掩面痛哭起來。

「沒事了，沒事了，哪裡會痛你要說。」教練的聲音明顯地有些手足無措的慌張，只能不停地用厚實的手掌輕撫他的背。

他哭得全身用力抽搐，胃部的劇痛像感染一樣往全身不斷擴散，他終於破碎地從嘴裡迸出一句：

「我真的好餓。」

教練聽到了之後馬上起身，從自己的手提袋裡翻找出一個保鮮盒，蹲回文時的面前，把淺黃色的蛋糕拿到他面前說：「這是我老婆親手做的杏仁奶油蛋糕，她才剛學烘焙，每次都拿捏不好分量，教練家的蛋糕多到滿出來，幫忙吃好不好？」

文時聞到濃郁的奶油甜香，終於把頭抬起來，從教練手上接過，手不自覺地顫抖，指尖傳來黏膩濕軟的觸感，原來這就是蛋糕。他先用嘴唇謹慎地抿了一口，舌蕾觸碰到從來沒有感受過的香味，甜度讓口腔瞬間分泌了口水，鼻子裡都是杏仁的濃香，他不顧混著嘴唇上的鼻涕，已經觸底反彈的飢餓，讓他開始大口地撕咬吞嚥起來。

「慢慢吃，這裡還有半塊，不要噎到了。」教練走到冰箱拿出一罐鋁箔包裝的奶茶，幫他插好吸管遞給他。

在教練轉身的時間他已經把手上的蛋糕全都吞下肚，死盯著保鮮盒裡的半塊蛋糕，像鳥巢中永不會飽足的雛鳥，一心張大著嘴討食。他用手臂擦去唇邊沾上的杏仁奶油，眼神還是無法從蛋糕上移開，他接過飲料之後奮力地只喝幾口就把鋁箔包裡的奶茶清空到收縮扁平。

他感覺教練呆站在旁邊，已經驚訝地有點說不出話，但他的身體迫切地想要體驗吃飽喝足的滋味，力道如同沿途可以沖垮一切的洪水，他伸手拿起剩下的蛋糕，一邊大口咬下把嘴巴塞得鼓脹，一邊羞愧地流淚。

教練就只是在旁邊安靜地看著他吃完，問他要不要去洗把臉？他起身走去廁所外的洗手盆前轉開水龍頭，把頭低下去從後腦勺沖洗，感覺身體裡血糖上升的穩定感，胃部仍然翻絞著狼吞虎嚥後的不適，但腦袋的空乏困倦已經稍微地減緩，跟吃家裡那些清淡無味、毫無油脂、粗糙乾柴的食物完全不同，那時候他意識到，原來吃這樣的東西可以安撫疼痛。

回去教練看到上半身都濕透滴水的他，拿起自己的毛巾替他擦乾，感受到教練的動作讓他有些彆扭，一直以來父親就算他淋了雨回家，也不會多看他一眼。只要是他已經能獨立完成的事，就完全禁止母親幫忙。教練幫他擦乾之後，拆了一件印著課程單位logo的T恤要他換上，免得著涼，套上後就算是最小的尺寸，對他已經看得見肋骨形狀的身體來說都不太合身。

教練拿起放在櫃子上的另一頂安全帽替他戴上，把鬆緊帶拉到最底才能稍微固定在他的下巴，坐上教練的打檔車後座回家的路上他們仍然一路無語，他從後方看著教練肩線精實而明顯起伏的肌肉，對比父親平坦圓潤、厚實浮腫的背，他知道這才是父親一直追求的有長時間自律扎實鍛鍊的身體樣態。

教練替自己按下門鈴，是母親開的門，教練親切又略帶尷尬地跟母親說明他今天受傷晚歸的事情，母親雖然看起來在聽著卻沒有牽動任何表情。站在教練身邊的他其實希望教練不要再浪費唇舌，沒用的。母親不會在意，她什麼都不在意。徹底無視是麻痺痛楚最有效的毒液，讓自己癱軟無力，才能配合地塞進這個被父親一手捏得形狀歪曲的家。

他依舊每天機械運轉一樣地上著散打課程，不同的是他每天都會在下課之後，躲在後門堆滿雜物的樓梯間等教練，教練說要小心不要讓同學發現，預防同學察覺到他有特殊待遇而更加排擠他。

在堆滿灰塵和舊物的空間裡等待教練把最後一個同學送走，他只有這個時候會不自覺托著下巴傻笑，送走全部同學，到了教練收拾場地跟處理行政事務的時間，他就會拉開門對文時招招手。

巧克力餅乾、洋芋片、夾心酥、熱狗、炸雞薯條、排骨便當甚至是泡麵……都是他在那段時間才認識的味道，教練總是說買晚餐順便，他自己也想吃。但每次打開包裝他最多就是淺嘗個兩口，就繼續工作，其他都是進到文時的肚子裡，偶爾他也會在教練工作量多的時候，用辦公室的電腦玩電動，每天這段最多一個半小時的時間，成為他最親近這個年歲模樣的時光。

在發育期的他幾乎每天都吃教練買的便當、零食，補充足夠的熱量，體重開始穩定爬升，半年後已經看不到肋骨，肚子也開始長肉，雖然他有規律鍛鍊核心，維持著一般均勻的體態，但他坐下彎腰時，難免會擠出腰肚的肉，父親看得礙眼，總在吃飯時重重地用手掌拍擊他的背，要他腰桿挺直、小腹收好，不停碎念練這麼久還不長肌肉，資質差得跟個娘們一樣，教練也爛！不會教，如果放在他以前待過海龍蛙兵部隊裡大概撐不過半天。

面對父親千萬把刀劈來一樣的羞辱言詞他已經麻木，情緒可以完全不起任何波瀾，但聽到他講到教練時輕蔑詆毀的口氣，他卻罕見地覺得生氣，不著痕跡地捏緊了筷子。也微微地慶幸自己終究和母親不同，一樣是黏在蛛網上的毛蟲，但還沒有放棄掙扎求生，不甘從頭到腳都被蠶食鯨吞。

「教練比你強得多了。」

他咬著牙說出這句話。如預料中的父親勃然大怒，掀翻了桌子，大罵已經形同啞巴的母親：「女人！妳看妳教出來的雜碎！」

抓起矮凳丟向牆壁，砸壞他引以為傲裱框的蛙兵結業證書，玻璃碎了一地。他不會真的對他們動手，不是因為他不想，而是他那群視為親兄弟一樣同梯結業的同袍都說打女人跟小孩出氣的是窩囊廢，他只是不想在他們面前丟臉。

但他會像連長一樣發號司令地吼出交互蹲跳三百下、仰臥起坐一百下、庭院裡跑一百圈……用各式的操練來處罰他。他氣得臉色漲紅，辱罵到聲音沙啞、上氣不接下氣，到後面已經聽不清楚那些糊在一起的字句。母親也只是按下重複鍵一樣地在他被無盡體罰的時間裡，用呆板的動作把碎掉的碗盤、飛濺的菜汁、板凳的木屑清掃乾淨。

體罰一直持續到凌晨，父親早就已經回到屋子裡，他還是拖著發抖的雙腳、極度痠痛的腰腹、瀕臨潰散的精神把一百圈跑完，他望著院子被他自己拖著的腳步刨掉的一圈泥土，眼睛已經被汗水刺痛得完全睜不開，只能站在原地感受全身各處都在一塊一塊被燒灼剝落一樣的痛楚。

沒關係的，他對自己說。他甘願為了護著教練而承擔這一切，在他的心裡，早就把教練當成真正的父親一樣，充滿敬重的分量。

但這次的反抗卻引發了後續他想像不到的後果。

隔天父親衝到散打教室，不停地用言語挑釁教練，說他有多了不起才教了兒子半年就會跟他頂嘴，還有一連串文時根本不想記得讓人難堪至極、腐爛一樣惡臭的話語。

他不斷鬧場，工作人員只能提早把同學解散回家，同學收拾好東西，從全身僵硬呆站在場邊的文時身後竊竊私語地離開，文時根本不敢回頭看他們的表情。

教練剛開始本來還一直想把他請到場邊，好聲好氣地講理試圖安撫他。直到教練把手搭上父親的肩膀卻被他揮開，還順勢推了他一把，讓教練踉蹌地退了一步。他就在此時徹底被激怒，開始放開上課時中氣十足的聲音跟父親理論，忍不住地吼了一句：

「把兒子養得營養不良又根本沒有關心過他還敢那麼大聲！小心我報警抓你，根本是在虐待小孩！」

父親立刻抓狂朝他撲過去，這一幕文時永遠不會忘記，只是頃刻間卻又像慢動作定格分解一樣清晰，教練輕易地閃過父親的攻擊，用像在示範打拳靶一樣標準的姿勢全力地在他左右臉頰上各揮了一拳。

父親用正面趴平的姿勢倒地不起，一動也不動。

旁觀的人發出的尖叫驚呼不知過了多久才像穿過很遠的地方的傳到文時的耳裡，眼前景象的衝擊如同被引爆的爆裂物瞬間彈飛，帶來一陣昏眩的耳鳴，處於失去意識的邊緣頭腦卻還搞不清楚到底發生了什麼事。

實習的助理老師從背後扣住教練的手臂一直說著：「拜託冷靜下來！」所有的人都上前圍住父親，慌亂地喊著快叫救護車，他仍然沒有一點動靜，地面暈開一灘腥紅的血跡，文時之後才知道，他被打斷鼻梁還撞破了頭。

看著已經呈現昏死狀態躺平的父親，文時完全沒有任何緊張和擔心的情緒。反而從胸口沸騰起一陣無法抑止的憤怒，如同海嘯波浪般的閃燃。

他捏緊拳頭，渾身顫抖，用力到指甲都要陷進肉裡的程度，腦袋裡繃緊到最高張力的理智完全斷裂，他狂吼出聲：

「起來！你給我站起來！站起來啊！」

文時說到這裡仰起頭來，聽落葉和樹枝被風打落在屋頂上，輕瞇起雙眼好像在分辨每個聲響形成的原因，庭院又接連傳來蓮霧墜到地面有點沉悶的聲音，他又把眼光移過去，細數它們摔落的樣態，有些保持完整、漏出汁液或完全粉碎。這些姿勢就像鏡頭慢動作平移一樣，他明白那是事物造成的聲響，但似乎又不是那麼確定，所以他只能循著來源的方向一一清點。

絮坐下來之後一直保持原來的姿勢，拘謹地靠著椅背，雙手交疊放在腿上，就像被那些話語固定住一樣，只能感受到自己呼吸的頻率、本能地眨眼和跟著風向飛舞的頭髮。

文時剛剛說的一整段話邏輯跳躍、用詞也有些零落鬆散，她必須要耗費所有的專注才能將他似乎打散在桌上的信息，像拼圖一樣核對四面的形狀拼湊起整個畫面。

這是她不間斷來探望他的這幾年裡，他說過最多、內容最龐大的話。中間他不時要停下來喃喃自問，拆開死結一樣地思考，陷入幾秒、甚至幾分鐘的停頓，彷彿他必須深入每個遭遇的分岔口、繞過每一條遠路才能把這些碎片收集齊全，然後插入適合的語詞縫隙之中。

「教練後來被革職了……革職？是這樣說對吧？好像還有一種說法，叫解雇的樣子？我真的太久沒有使用這些字，每次看書都覺得字在跳上跳下的。妳會看見那樣嗎？好像字在不停彈跳……總之我那時因為情緒失控跟父親一起送進醫院，出院後就再也沒看過他出現在柔道場了，我也不敢去問，根本不敢再出現在那裡了……

有的時候我還是會在柔道場完全熄燈了之後，偷偷地跑到後門靠著牆壁站著發呆，站很久、很久。就算搞得腳上都是蚊子叮咬的痕跡我也完全不在意，我只希望教練還會像之前一樣，突然出現對我招手……」

「後來有一天我放學回家的時候，教練出現在那裡。」文時伸手指向後院的鐵門。

絮順著他手指的方向看過去，那是一道嵌鑲在左右兩片紅磚牆中間的綠色鐵門，門面和把手爬滿的鏽斑和幾乎要將它覆蓋的爬藤植物和雜草一起生長。

「我在他面前不停地哭，哭到眼睛都黏在一起要睜不開的程度。說都是我害了他……我不該跟父親頂嘴，害他丟了工作。他只是蹲下來拿出一塊蛋糕，淺黃色的……杏仁蛋糕，拍拍我的肩膀說，我不需要為了自己受的苦覺得抱歉。」

文時始終看著那道門，嘴角浮現淺淺微笑，好像教練還站在那裡，彷彿只要這樣，充滿了裂縫的有關回憶的結晶體擦出星火般微弱的亮光，有不足以融化所有的暖流緩緩滲入底部。

「我把蛋糕帶回家，不停地聞著它的香味，想要永遠記得它。」

絮想起他在吃東西時總是會先拿到鼻尖深深嗅聞的習慣，輕喚著腦子裡珍貴的關於食物的記憶破繭而出，替痛楚注入溫和的麻醉，以及他說出：「食物能夠安撫疼痛」這句話時的語氣。什麼都無依無靠的時候，只有食物能安撫那些離別的、拙劣的、憎惡的、弱小的、掙扎的各種形式的傷心欲絕。

絮其實不能確定教練是否真的有再出現在這道門面前，但他有盡情地哭泣，清創一樣地說出自己歉疚的懺悔，意識到自己其實是不需要被原諒的，他沒有做錯任何事，這樣就好。

文時稍微伏下身，把雙手放在桌子上，指尖輕觸桌面上下點動，嘴裡斷續地跟著手指的節奏哼出一小段弦律，絮湊近身體仔細地聆聽他哼出像碎沫一樣難辨的每個音節。在他哼出第三小節時她終於認出這是Simon and Garfunkel二重唱的*The Sound of Silence*，絮看著他拚命地想要協調手指重新彈出琴聲的樣子，想起這是他突然發病消失之前，答應要和自己下次一起合作演出的曲子，絮從來沒有忘記他那天跟自己揮手道別時柔軟溫和的笑容。

絮感覺自己的眼眶包圍起熱度和一陣酸楚，就算已經燒成細灰粉末，被拆卸成片狀碎屑，分崩離析地暈散開來，絮都還是可以像認出完全失去音準的旋律一樣，認出原本的他，他一直都還在裡面，在一個空氣稀薄的密封容器裡從不放棄繼續呼吸。

絮收緊哽噎，在這個被遺落在深山的後院，跟著他一起輕輕哼唱，就像他們還一起站在鋪著紅色絨面地毯、香檳色亮片的舞台上一樣：

Hello darkness, my old friend
你好 黑暗 我的老朋友
I've come to talk with you again
我又來和你交談
Because a vision softly creeping
因為有一種幻覺正悄悄地向我襲來
Left its seeds while I was sleeping
在我熟睡的時候留下了它的種子
And the vision that was planted in my brain
這種幻覺在我的腦海裡生根發芽
Still remains
纏繞著我
Within the sound of silence
伴隨著寂靜的聲音

唱完開頭的段落之後，他們有默契地停下，一起讓時間靜泊在沉默裡，像在漆黑的岸邊微弱發光的兩個訊號，只能暗號般地互相對話。絮幾乎什麼都沒想地伸出手，握住文時用僵化的姿勢放在桌上的手背，他的指尖冰涼，沾滿了泥土，讓他手的紋路清晰而粗糙，他停止不動了幾秒，端詳著絮平滑的指節，之後慢慢膽怯地把手抽開，他還是無法在此刻涉險，跨出這一步回握她的手。

他把眼神越過敞開的窗戶望向屋內，充滿困惑地問：

「妳有聽見人說話的聲音嗎？」

絮靜下來細聽，附近確實傳來隱約對話的人聲，參雜著孩子愉快的笑聲，她一下就認出那是永望跟恆在說話：

「是我弟弟跟永望，他們也差不多要來這裡跟我會合了。」絮刻意地站起身，離開剛剛連她自己也說不出解釋的情境，只是一個尖刺掉落、一片鳥羽隨風飄離一樣無聲隱密的瞬間。

她幫文時拿起裝著蓮霧的盤子，開門走進屋內，文時也起身跟上，在絮把盤子放在客廳桌上時，他們已經一路聒噪地走到門前，文時上前打開門，永望立刻精力旺盛地跟文時打招呼：

「文詞叔叔，好久不見。」永望口齒不清地說。

舉起手中裝滿野蘋果的帽子：「我撿了很多這種綠色的，舅舅說可以吃，是小蘋果。」

絮也走到門邊，永望馬上舉起他和恆的另一個戰利品，昨天恆準備的一個長形圓筒狀的塑膠空罐裡已經裝滿了各式顏色的羽毛，絮往下看發現他果然從鞋子、褲管、袖口都無一倖免地沾滿了泥巴，她慶幸自己早就預料到地塞了一大包濕紙巾和他的另一套衣褲在包包裡，她看向站在旁邊的恆。

恆的視線完全沒有放在文時身上，而是沉迷專注地看著旁邊梁柱上停著的白耳畫眉，像用話語在記錄似的驚嘆：「你看牠像戴著白色的眼罩……——」

「恆。」絮不得已只好出聲喚他。

恆才稍微回過神來，但身體還是微微往後仰，用眼角偷瞄正在走廊上小跳步、發出悅耳叫聲的畫眉。

絮只能自己開口跟文時介紹他是我弟弟恆，再轉頭跟恆說，這位是我以前在餐廳工作的朋友文時，文章的文，時間的時，她還特地跟恆解釋字的寫法，加深他的印象。文時看著完全陌生的恆，身體和表情都還是有點緊繃瑟縮，刻意地避開不看他的眼睛，側過身把門拉開，聲音細微地說了句：「請進。」

恆對文時輕點了一下頭示意，就和永望席地坐下把沾滿爛泥的鞋脫掉，用手指點點永望的肩膀說：「你看樹上那個是藪鳥，牠有美人痣。」

永望抬頭看向旁邊的一整叢樹林，歪著頭四處搜尋地問：「在哪裡？在哪裡？」

文時想要試著主動參與他們似的低下身替永望指出方向：「在那裡喔。有聽到嗎？牠的叫聲是集～啾兒。」

但還沒有等永望找到牠，牠已經從樹枝上飛走。文時接著說：「我很常替牠們放飯，這附近也幾乎都沒什麼人會來，牠們其實都不太怕人。」

文時說完轉身進屋內，從放在廚房角落的米袋裡撈出一杯小米，折回走廊。已經來過好幾次的永望接過文時手上的小米，興奮地遞給恆，一邊說：「把米撒出去，每次都會飛來好多好多喔！」

文時告訴他往前走幾步，撒遠一點，體型比較小的鳥才會比較有機會吃到。

恆用雙手捧著杯子，往前走的時候滿臉疑惑回頭問：「『走幾步』正確是要幾步的意思？」

「差不多第二根梁柱那裡就可以了。」文時也認真地回答。

恆往前移動，目測腳跟在第二個梁柱的位置時稍微彎下身，慎重地把手裡的小米用最能向外擴散又不會滾下走廊的力氣撒出去。撒完後永望對恆招手大叫快回來，恆才回過身，後面就傳來各種體型的鳥類從不同距離的地方展翅飛落的聲音。

恆回到永望身邊挺直腰桿盤腿坐下時，一群充滿繽紛羽色的鳥已經覆蓋住小米，聚集著不同音階高低、拉長或短促的鳴叫和拍翅的聲響。恆眯著眼睛細看，一邊發出哇的驚呼一邊試著辨識牠們的種類，這些都是平地不常見到的山林特有種，他都要來回多看幾次才能確認特徵，不停地和永望解釋說：「你看那隻有點分岔的尾部，還有那隻有鮮紅色的鳥喙……」

絜站在門邊，覺得很久沒有看到恆這麼精力充沛的模樣。恆不常大笑，沒有明顯起伏的表情，但絜看他現在無法克制擴大的肢體動作和掩不住的笑容都透露出他難得高漲的滿潮的情緒。

走廊上的米很快就被啄食乾淨，小鳥們陸續朝樹冠和嵐霧中飛離，恆立刻起身一屁股坐到剛剛撒白米的位置，欣喜地研究牠們留下來的滿地羽毛，永望則走到絜身邊拉拉她的衣角說：「媽媽我有點餓了。」

絜發現轉眼間就已經快下午兩點，她回永望說：「去舅舅的包包裡拿飯糰出來吃好嗎？」

永望點點頭，回頭走到恆靠在門邊的背包旁把拉鍊打開翻找，文時靠在另一側門邊，有些欲言又止，思考了一下才說出口：「如果不嫌棄的話，我有做了些麵包要招待你們。」

絜笑著回答：「當然好啊，謝謝你。」

文時輕笑著低下頭，轉身走回屋內，絜也跟著他一起走進廚房。

文時打開餐桌上蓋著格子方巾的餐盒，裡面放著顏色和口味都不同的餐包和小吐司，餐包都不是統一飽滿的圓形，雜糧吐司的形狀也有點歪斜，充滿了初學者的手作瑕疵。絮看了一遍，拿起上面點綴著藍莓果醬的餐包咬下一口，笑著說聞到麵包香味才發現真的餓了。

文時站在旁邊有些緊張地問：「好……好吃嗎？」

絮回答很好吃啊，麵包體充滿奶油香，果醬甜度也剛好，接著才兩、三口就把餐包吃完了。看絮沒有一點勉強就迅速吃完的樣子，文時放鬆下來似的露出滿足的笑容，走去流理台拿起放著麵包刀的小砧板和抽屜裡的溫度計折回餐桌，他把溫度計拿到絮面前，獻寶似的指著刻度旁特地畫著果醬的一條紅線說：

「這果醬是我自己煮的，只要照著這個溫度，幾乎都會成功。」

絮接過溫度計，說了一句是手工果醬怪不得這麼好吃。看著溫度計上還標示著黑線寫著巧克力，藍線寫著奶油，綠線寫著焦糖，絮看向他牆邊掛著有些褪色的圍裙、不同深度的鍋勺、像是新買的量杯，幾乎都可以想像他站在燒滾的鍋子前面認真盯著溫度、不停嘗試的身姿。

「這是在山下的精神疾病社區之家做的。」文時說，把吐司放在砧板上切片。

「他們問我，病況稍微平緩下來了，要不要試著學些簡單的技能，當作復健……也為之後也許能再重新回去工作做準備。不過，當然還需要很長的時間，因為一些簡單的事我都還理解得很慢……而且，我還在考慮。」文時把切好的吐司放到盤子上，把煮好封瓶的蘋果果醬打開，挖了幾匙到小碗裡，推到絮的面前：

「妳吃吃看。」

絮接過小湯匙，挖了一口果醬進嘴裡，滿溢還留有果實口感的清香，她咬著湯匙尖端，感覺胸口和眼眶的熱度，認真地看著他用充滿暖意的語氣說：「我真的很為你開心。」

「不過，我還在考慮。」文時再強調一次似的說，低下頭專心地切另一條吐司，突然發出啊的一聲，把最後一片有點尷尬地拿起來說：

「沒算好間距，這片好厚啊。」

「沒關係，這可以給我弟弟吃，他一專心起來什麼都不會管。而且……」絮偷笑地把塞滿了果乾雜糧的吐司片接過來：「這也太真材實料了吧，頭家你會賠錢哦。」

「我想是要做給你們吃的，就多放了點。」文時不好意思地搔搔頭。

絮把吐司抹上一層蘋果果醬，走回門邊對著已經完全把自己的全身心都埋在鳥羽毛裡的恆說：「先來吃點東西吧，羽毛不會長腳跑掉啊。」

恆只是隨口嗯了一聲，眼神卻完全沒有從手上的羽毛移開，絮輕嘆了一口氣，把盤子遞給旁邊早就把飯糰吃完，正在喝著鋁箔包豆奶的永望：「拿去給他吧。」

永望小跑步到恆身邊，搖搖他的肩膀說：「媽媽說給你吃。」

恆才終於把頭轉向盤子，用手拿起來咬著吐司邊緣，繼續分析手上到底是藍鵲還是黃山雀的羽毛。

「妳弟弟真的好喜歡鳥啊。像個鳥類學者一樣。」文時說著把一杯泡好的熱茶端給絮。

「只要是他喜歡的事情他就會這麼狂熱，所以我才想帶他來這裡，就是知道他一定會樂壞了。」絮拿著紅色的茶杯暖著雙手。

「我第一次聽妳說到這個弟弟……」

「我有好幾年的時間都不常跟家人見面。其實……」絮嚥下一口熱茶，看著茶杯中的清澈茶色印出自己的表情：「我在七個多月前已經離開我先生了，現在寄住在弟弟家。」

「原來是這樣啊。」文時的聲音像杯子中的茶葉一樣安寂地沉落：「這個決定很勇敢。妳已經很堅強了，不用太苛責自己。」

絮笑得有些苦澀地點點頭，突然永望跑了進來，指著右邊的窗台說：「媽媽！有貓咪！」

絮看向他手指方向的窗台，坐著一隻體型偏瘦的黑白賓士貓，翡翠綠色的瞳孔往客廳好奇地張望。

「可惜不是鳳頭蒼鷹哪。」文時放下茶杯起身走往旁邊的櫥櫃：「牠也是在等我放飯，平常牠都會從窗縫直接跑進來，今天大概是有不熟悉的人在的關係有點害怕，牠完全不親人，只是來吃個飯就離開，有時一整天還只發現貓碗裡的貓糧吃完了，但根本不知道牠什麼時候進來的，多虧了牠們，我在這裡一直都有事情可以做。」

他說著一邊把貓糧倒進白色的瓷碗裡，跟永望招招手要他跟自己一起出去，把碗交給永望，叫他動作不要太大，安靜地把碗放到窗台下就好。

永望放慢速度走過去，還沒到窗台，貓咪已經警戒地快速跳下窗台，逃到走廊的角落坐著觀察。直到永望已經把碗放下退開，牠還是在原位蹲著把前腳縮進身體裡謹慎地不靠近。

文時繼續跟身邊的絜說：「剛搬回來的時候，附近還有七、八隻狗組成的狗群，四隻不同花色的流浪貓，我不會幫牠們取名字，就讓牠們自由來去，也不會找牠們，有一天就突然消失不見，再也沒見過了。我喜歡牠們的眼睛，非常單純明亮，當牠們看著你的時候，你立刻就會知道牠們是想要親近或要你退開。」

幾分鐘後貓咪終於開始稍微壓低身體緩步接近貓糧，蹲在旁邊要吃之前還再環視一遍身邊沒有任何威脅之後，才安心地開始吃飯。

「牠最喜歡躲在前面那個溝渠裡面，這幾天可能都有機會下大雨，我一直想幫牠把裡面淤塞的落葉清乾淨。」文時似乎一口氣說了太多話，說到這裡聲音已經有些微弱。

「我們都圍在這裡觀賞牠吃飯牠反而不安心，趁這個時候我去幫牠清理一下吧。」終於把所有看中意的羽毛都挑選進收藏罐裡，看起來心滿意足的恆突然走到他們身後說。

「你是客人啊，而且可能會把衣服弄髒。」文時有點驚訝地說。

「有垃圾袋嗎？」恆完全不介意文時說的話似的轉身走進屋內。

文時跟著進屋找了一個空米袋、雨鞋，還有一副棉手套，恆明快地說：「這樣就好了。」他套上自己帶來的雨衣，抓了這三樣東西就走到溝渠邊。

文時因為無力阻止依然露出一副躊躇為難的表情。絮安撫他說：「沒事的，他不怕弄髒，而且他就是這樣，阻止也沒用，我會下去一起幫忙。」

恆站在溝渠邊觀察了一下，絮在旁邊脫下鞋襪，恆找了一個離溝底最近的一邊先跳進去，回過頭向絮伸出手，絮抓著恆的手，照著他剛剛下來的路徑走下去，一起走過淤塞處層層覆蓋堆疊的腐爛落葉和潮濕的黑土，絮叮囑他要小心不要滑倒，他蹲在塞滿落葉的排水門前，用手把葉子一大把一大把抓進絮手中的袋子裡，一下子就把堵塞的部分全部清理乾淨，被淤擋在外的乾淨湖水立刻疏通湧了進來。

水慢慢地流積到他們的腳踝，水清透乾淨還順流進幾隻小魚，絮低頭看著和恆一起被水流清洗乾淨的腳掌，恍然地想起上次這樣把腳放進水中，已經是國中時期的事情，也是和恆一起。

絮想著他們的腳掌都已經是成年人的尺寸了，曾經跟他一起擁有過簡單的自由和信任也被越堆疊越沉重的事物壓在最底層，不管是弟弟還是永望，她真的好想把這些缺損的時光全部補滿。

她邊走邊牽著恆的手，他的手掌因為碰到了秋涼的湖水而有點低溫，就算到現在，恆還是會毫不猶豫地伸出手牽住她。

恆抬起頭喊著要他們讓開，先把袋子綁好丟上去，再和絮一起爬出溝渠，雨衣下襬和褲管滿是泥濘，他只是毫不在意地說出感想：「果然是山裡的水溝，一點臭味都沒有。這個啊……相關單位就應該要定時派人來清理。」

他回到走廊把雨衣脫掉，拎著進到浴室，開始著手清洗，文時有點跟不上這個發展節奏似的只能在旁邊告訴他們東西放在哪裡，遞乾淨的毛巾、提醒熱水會稍微晚一點來……

恆站在洗手台用香皂搓洗雙手，文時試著和他說話：「可惜沒有讓你看到鳳頭蒼鷹或紅隼……牠們不常來前院，也不一定會來走廊抓午餐。其實這裡不只牠一種鷹類，我看過牠們出沒最多的地方，是在更上去的樹林，牠們有時會在那裡一個廢棄的燈塔上築巢。」

恆突然轉頭今天第一次正眼看著文時：「離這裡多久的路程？」他問，完全不掩飾他想去的意願。

「大概……需要一個半小時左右。」被恆這麼直接突然地盯著看，文時有點不自在地回答。

在浴缸旁幫文時沖洗雨鞋的絮聽見他們的對話，想到剛剛經過客廳看時鐘已經接近下午四點了，最後一班下山的公車是晚上七點半，來回就需要三個小時，外面的遠山邊積了一層烏雲，氣溫也開始下降，傍晚的冷風帶來比上午頻率更密集的濃霧，還要帶著一個四歲的孩子，怎麼想都不該在這個時候往山上走，但絮卻完全沒有出聲。她心裡那個想要留下來的想法，尖刺一樣地穿透了每一層單薄的理由。

「我可以帶你們上去。那條山路我很常爬，上個星期我才上去把燈塔裡面整理了一下，因為我喜歡那裡的風景……路線很單純，就一條山路一直往上走就會到了，燈塔還沒廢棄前，那裡曾經規畫進景點之一，樓梯也有被好好整理過，不會太陡。」文時像終於找到一件他有自信可以替他們做到的事一樣，說這些話時稍微提高了音量。

恆在回答之前突然意識到什麼，對著絮說：「如果永望真的走不動，我可以背他。我帶了能量補充飲。」

絮沒有抬頭看恆，只是輕輕地應了聲：「好。」

文時打開後院的鐵門，跟他們說這裡有條小路是捷徑，可以通往上燈塔的樓梯。文時帶頭走在最前面，絮和永望走在中間，恆壓後顧著永望。空氣裡已經充滿了水氣，皮膚可以感覺到的濕悶，衣服底下很快就微微發汗，小路兩旁都是茂盛的二葉松林，地面掉滿了針葉和毬果，針葉上的細水珠不停掉落沾濕頭髮。

永望一直停下來想要撿一顆最大的毬果，在每個枯黃的針葉堆和石頭縫隙上都可以發現比手上還要更大顆、更完整的毬果，走走停停，文時說好像遇到了毬果的陷阱，永遠都有更好的。為了不耽誤路程，他們跟永望說，會幫忙一起撿，到時再給他選一顆最喜歡的。

一路天氣不穩定，偶爾雲間透出微弱光束，過一陣子又被厚重的雲層遮蔽收起，帶來一陣針葉一樣的細雨，晴雨不停交替，但還不至於阻礙前行，走出小徑後到達了通往燈塔的樓梯口，介紹燈塔的看板和路標都已經破落腐朽，成為真菌的寄生，只能隱約地看出看板上印有在藍天之下的燈塔照片，原本飽和的顏色已經褪至最低彩度。

文時繼續領著他們往上走，石階的樓梯跟文時說的一樣有整治過的平整、適合腳踩的寬度，周邊是長滿綠苔的石頭，樹枝纍結著多瓣的蕾苞，倒塌的朽木上育養了孢果、地衣、豐富的蕨與菌群，滿樹被毛蟲咬穿無數空洞的樹葉，腳下是密如織網的樹根、從草叢間跳過的昆蟲、傾倒的芒草，雨滴帶來濕潤潔淨的土壤氣息，像山的肺葉持續起伏的呼吸。

再往上走二十分鐘，一陣濃霧覆蓋在深崖斜壁、植物群落跟風剪效應的樹上，扁柏和杉林成為影子，霧裡飽含了充分的水氣，穿行而過讓頭髮跟四周芒花的尖端一樣掛滿水珠。

絜感覺一段時間都在霧裡行走，會失去對高度和深度的認知，風短暫吹散濃霧的瞬間，外境卻是一片清明晴朗。他們排成一列卻有獨行的寂靜，只有彼此呼吸的聲音，絜一直看著前方文時走入綠蔭小徑的背影，削得整淨的髮尾、露出的後耳殼和頸項，從林葉間偶爾穿透的斑光落在他的肩膀，步伐落地時安安靜靜。

絮在持續往上爬的恍然間還不太明白，為什麼自己會在這裡？只是專心地跟著文時踏過的步伐，去一個已經徹底成為棄物的地方。

她才發現自己比想像中的還要希望，能擁有一段誰也不知道、像自己最私密的物品一樣與一切都毫無牽連的時間，裡面僅有弟弟和孩子，還有她從相遇之初，就一直凝視著沒有移開過視線的文時。身邊只有逐漸冷涼的氣溫，不知從哪個方向響起的鳥鳴、遠山和霧，能夠標示回程的腳印彷彿全部被覆蓋失去蹤跡。

將近走了四十分鐘後，永望出聲想要喝水，他們停下來休息，坐下在階梯上時，永望發現恆的褲子上鉤滿了鬼針草，恆跟他解釋這是鬼針草散播種子的方式，沒關係就讓它們搭個便車。

永望回說自己也想當鬼針草的司機。又在另一邊發現穿山甲的洞穴，永望說他從這裡進去會從山的另一邊出來。恆回答你說的牠好像在開挖石油一樣。永望繼續問牠挖到石油會怎麼樣？恆就說會變成Super Rich穿山甲。絮很習慣似的就在旁邊安靜地聽他們說著各種不著邊際的話。

「你們有聽見這個聲音嗎？」文時微微地仰起頭，視線似乎在找尋聲音的方向。

他們一起因為這個問句而安靜下來仔細注意身邊的動靜，確實都聽見前方不遠的草叢裡有不是風造成的騷動，只有那部分的植物在震動搖晃，發出吵雜的聲響。

絮跟恆都比手勢要永望先保持安靜不要說話，一隻山羌從草叢堆裡緩步地靠近步道邊，邁著小步伐尋找懸著露珠的嫩葉，牠仔細挑選似的用鼻尖觸碰每片葉子，伸出舌尖將最新鮮的葉子扯斷捲進嘴裡咀嚼。

在山羌悠哉漫步徘徊在那一區步道邊的二十分鐘內，他們都不敢做出多餘的動作和對話驚擾牠覓食，永望挨到絮的肩膀上，用接近氣音的音量問絮：「牠是小鹿班比嗎？」

絮也在他耳邊用一樣的聲量回答：「不是喔，牠是山羌。」

文時隨手撿了手邊一支細樹枝在泥土上寫下山羌兩個字給他看。永望似懂非懂地點點頭。等到山羌走遠到另一邊的樹林深處，他們才收拾東西起身繼續趕路。

一路上文時只要聽見任何迴響在樹林裡的聲音，都會問他們有沒有聽見？如果是響亮清澈的鳥叫，恆就會認真地用叫聲的發音長短和音律推斷可能是哪種鳥類，經過整片箭竹林時，竹子被風吹得微微彎折時，像裂開了很多縫隙的聲響和竹葉旋轉落下的簌聲，也一起停下來聽。每次得到肯定的回答和他們一起探究聲音的來處，文時的臉上都會露出釋然的笑容。

一直停下來的時間比預計的還要長，等文時說再走差不多十分鐘就可以看到燈塔的時候，已經超過該到達的時間四十分鐘，恆在後段路程大概看了十次手錶，安靜了很久都沒說話，絮知道他應該是在思考一定會錯過最後一班下山巴士的事情。

絮看著快速暗下來的天色和強勁挾帶雨絲的冷風，還有腳下高低落差越來越大、出現許多破損的石階變得濕滑難走，絮緊緊牽著穿著雨衣的永望，知道他也很累了，一直低著頭看著腳越爬越慢，她也被冰涼的雨滴打得瞇起了眼睛，視線混沌不明，她心想現在不要說錯過巴士了，可能連從這裡回到文時的家都成了問題。

突然之間刮起的陣風和雨勢，讓他們不得不加快腳步，恆索性和文時在這段路程輪流背起永望，文時指著前方說就在前面了。絮先聽見不斷拍擊的空曠海浪聲，才隱約地看見在昏暗天色裡聳立的白色燈塔，她還來不及看清楚，文時就跑上前打開門，要他們先進去避雨。

絮先牽著永望進去，裡面一片漆黑，充滿石牆和鐵鏽特殊的味道，永望緊抓著絮的手害怕地說我什麼都看不到，恆馬上從包包裡摸出手電筒打開，文時說先借我一下，他從恆手裡接過之後走上旋轉樓梯，拿起上星期帶來放在角落的露營燈之後立刻走回門口。

文時站在樓梯上，手上的露營燈打亮整個燈塔內部的空間和他們的臉，此時窗外的天色已經全暗，風和雨仍然震動著緊閉的窗扇，這個預示著壞預感即將成真的情形讓三個人只能沉默地對望，胸口都起伏著微微的喘息，雨衣不停地滴落水珠，淋濕的頭髮貼在額頭和臉頰。

「這裡本來就沒有裝設路燈。這個狀況暫時沒辦法下去了。只能先等雨停……」文時首先開口。

「看來今晚是沒辦法下去了。」恆思考後肯定地說：「沒有路燈的話，只有我們三個大人可能還可以冒險一試，但帶著永望就不行了，天雨路滑實在太危險。是我考慮不周，但我包包裡準備的東西足夠讓我們度過今晚。」

「也只能這樣了。」絮也出聲附議，畢竟自己確實也在上山前懷著私心沒有阻止他們，沒想到遇到的狀況卻遠遠超出了預期。

「我常常爬上來，所以也有留了一些東西在這裡。」文時轉身再度爬上去，拿了一大張鋪在地上的防水墊下來。

他們脫下雨衣晾在樓梯的把手上，絮用本來帶著擦汗的小毛巾擦乾永望的頭髮，替他換上包包裡本來預定他玩得太髒要換穿的衣服，永望低聲地問：「我們今天沒有要回舅舅家嗎？」

絮打起精神笑著說：「我們今天打算住在這裡啊，可以再玩一個晚上開不開心？」

永望點點頭回說：「那我可以吃巧克力棒跟晚一點再睡覺嗎？」絮說當然可以。

文時鋪好防水墊，他們終於可以脫下鞋子坐下靠著牆休息，恆把摺疊毛毯披在絮和永望身上，把本來幫絮多準備的防風外套拿給文時，再拿出新買的小型汽化爐和鍋子架穩在地面，把多備著的一瓶水全部倒進去，用點火器點燃爐火，看火光穩定均勻地燃燒，恆的嘴角不自覺揚起雀躍的笑容。

「想喝紅茶、烏龍茶還是咖啡？」恆拿出茶包像撲克牌一樣攤開在手上問他們。

絮和永望想喝紅茶，文時選烏龍茶，撕開包裝把茶包放進鋼杯，慢慢地等水煮沸，鍋邊冒著細泡，散發溫暖的熱氣。把熱水注入杯中，茶包遇熱膨脹泡開，空氣裡充滿清香，緊繃不安的氣氛才終於緩和了下來。

「我有把中午的麵包帶上來。拿來當晚餐吧。」文時把裝在紙袋裡的麵包從提袋拿出來，把邊緣撕開放在墊子上。

一路爬坡和走在細雨裡，身體的熱量和體力都耗費得差不多的他們很快地把麵包吃完，恆補了一句說，晚上餓了還有泡麵跟餅乾，接著便開始說起他中午本來想在湖邊看著山景煮泡麵喝咖啡的計畫。

「哦，還有雞蛋。」恆說著從包包裡拿出兩顆白色的雞蛋。

「你連這個都帶了啊？」絮撫著額頭不可置信地說。

恆一臉理所當然地回：「泡麵裡的雞蛋一向是精華所在。雖然進食不是必然的，進食只是為了延續生命的手段，而人類只要有水分補充，即使不進食也能生存四十天，可是如果沒有水分補充，就只能生存三至七天。像剛剛我們吃完這些麵包，又能夠生存四十天了。」恆說完把手上的茶一口飲盡。

在場只有絮一個人聽得出來恆是在安撫他們，我們有吃下足夠的食物和水，一定可以安然地度過今晚。

「妳弟弟……真是個百寶箱耶。他再從背包裡拿出什麼我都不覺得奇怪。」雨勢過了兩個多小時終於停歇，文時在恆帶著永望出去上廁所的時候說。

「他就是這樣。什麼都計畫得很周全，昨天我還在他整理行李的時候笑他太誇張，結果現在就證明他果然是對的。」絮把整個身體包在毛毯裡，聽著四周又開始恢復只有海潮和蟲鳴的寧靜。

「談到妳弟弟，妳就會說這句話。下午也聽妳說了這句他就是這樣。」

「他有亞斯伯格症。」絮把下巴靠在膝蓋上，想著自己說出了一句很久沒跟任何人說起的話。

沒關係，他就是這樣。

有他自己的迴路，什麼干擾都無法阻斷他，他自己放置事物的抽屜，只有他自己知道分類的方式，他當下想要思考的存量，處理的進度，以至於在他周圍總是形成反覆反覆纏成死結的困境，他不知道如何遮掩，也不會解釋，無法進行複雜歪扭的對話，他就是這樣。這句話很長的時間，總是會在這種時刻像咒文一樣在心裡不停複念著，讓這個不合理的狀況馬上得到正確的解釋。

恆有陣子在別人說完話時總會問一句：「你是認真的嗎？」絮的朋友曾經抱怨，覺得恆這樣回話很沒禮貌，故意挑釁的感覺，讓人很不舒服。請絮下次不要再帶他來。朋友完全不聽她解釋就誤會了恆，讓她好像喉嚨被迫梗住這些話非常難受。她了解恆，他說的認真就是字面上的意思，沒有任何節外生枝的惡意。

出社會之後，跟大學時期很親近的朋友去聚餐，她隨口說到之前去絮家裡玩時見到恆的事情，才開頭說了兩句，朋友就察覺什麼似的停止了話題，口氣變得小心翼翼地說：

「每次說到妳弟弟，妳就是這個很警戒的表情。我沒有要說他什麼啦，只是聊聊而已。」

她才發現自己一直以來都想用密不透風的方式保護他。讓他維持固有秩序反覆輪替的靜默，保持頭腦裡堅定的邏輯列方、安穩的四角、單純對稱的方正，彷彿每個精密的齒輪都保持自身的分工，完全照著他的本質運作，像他無法被複製的字跡和指紋一樣，彷彿出於一種完全不需要刻意作為的母性。

她也曾在母親叨念著為什麼會生出這樣聽不懂人說話的怪異孩子時，無能為力地流淚。每次這種時候，恆都在旁邊不知如何反應地看著無聲哭泣的她，好像自己在替他流著雙份的眼淚。她其實知道只能用這樣粗糙無力的方式抬起一點點壓在他身上複雜結塊的東西，也明白他也許根本不需要這些。

但她一定要這麼做，也許只是為了自己都好。她看到的恆喜愛尊重各種微小的生命，對牠們充滿熱切的好奇，從不消退。只要是他生命中充滿信任重量的人，他會傾盡所有地付出善意和他可以做到的全部。他要在這個對他而言永遠無解的世界生存下來是如此的艱辛。

這些其他人從來都不願意看見，只專注在他醒目的那一塊缺角。

「雖然才相處半天多，但我覺得妳弟弟和妳一樣是個聰明又充滿善意的人。更重要的是……現在知道有他這樣的家人在旁邊支持著妳，真的太好了。就像今天有你們一直在旁邊告訴我，我聽到的聲音都是真實的一樣。」文時的聲音起伏著輕微的顫抖。

絮心裡想著，你們都很好，是我見過最好的人。我只能為你們祈禱，生命不要再出手傷害你們。

一隻黃尺蛾不停地在燈光旁飛旋環繞，偶爾停在燈上，光線隨著牠的翅膀閃動的頻率明滅不定。

她看著彼此投射拉長在牆壁上的影子，兩個人的肩線交疊連成一條線，和文時一起在不再點亮的燈塔裡守夜似的度過一晚。絮總是覺得他們從未親近，一直只停留在初始草創的階段，只是共享著這種曾經最靠近對方的時刻。差點在潛入疾病的激流時翻覆，看過他最舊的傷。一起度過的都是無法跟任何人言說的、待在結霜底層的經歷。

門外恆和永望的腳步聲靠近，永望一打開門就小跑步到絮身邊說：「星星！天上好多好多的星星！」

文時輕笑著跟絮說：「你們很難得看見吧，出去看看吧。」

文時帶他們走上燈塔的旋轉梯，佇立在正中央裡面已經沒有燈泡的聚光水晶凸透鏡，安息地蒙上一層薄灰。

他打開邊門，走上環繞著外圍一圈燈塔的修復平台，冰涼的海風撲面而來，夜晚的海是一整片可以吸納所有光線、廣大無邊的黑暗，只剩下拍打在岸邊的浪花在耳邊保留海的聲形，四周沒有任何燈源干擾，絮一仰頭，看見滿布整個天空細碎璀璨的星河。她想起文時曾告訴她，抬頭看樹冠之間，會為了不覆蓋、不干擾彼此的生長讓出縫隙，跟這些星星一樣，中間留出無數條走不盡的路。

「其實星星在動哦，跟著軌道運行。」恆對永望說。

「那這麼多不是就會塞車嗎？」永望回答。

「現在是尖峰時間的話，還要塞到天亮吧。」絮聽得出恆在講這句話時的悶笑。

接著他開始用腦中的數據測量預估明天日出的方向：「台灣的緯度應該是二十三或二十四左右。然後從赤度到北極是分九十度，二十三或二十四左右，其實還是滿接近二十二點五，然後二十三除以九十等於零點二五多一點，即是接近四分之一。春秋二分之日，全球的日落日出都是從正東起正西落，而秋分後太陽直射南半球區域，即是說日出位置自秋分起開始往南移。利用Google地圖，找到我們的位置和方向，再利用地圖上的山形來定位直線的第二點。

第一點是我們的位置，第二點是山，兩點就可以定出直線，然後確定方向。所以，要找日出位置，只要按時節，在東南以東至東北以東之間去找，就可以找到了。」

恆講完一長串似乎要解碼才能聽得懂的分析，用手指出東南偏東的位置，期間絮一直抬頭看著天空，脖子都感覺痠痛、鼻子和臉頰被海風吹得發冷也不捨得離開視線。這片天空對恆而言充滿數學、經緯度、方位、節氣、太陽整合出來的訊息，像黑潮一樣洶湧而來。對自己而言，她想著的是太陽升起之後，星星的亮度就會被焚燒成灰，就像這段時光一樣，對文時而言又代表什麼呢？

她在心裡一直掙扎著不想離開、不想回去。但也說不出這個讓自己亟欲脫離的地方究竟是什麼模樣。或根本就是個空無一物的地方。明天一早這片海就會因為陽光展示它開闊而無邊界的全貌，但自己卻只想和他們一起置身在這片星空下無底的黑暗之中。

文時此時從口袋裡拿出藥盒，打開第三格，把幾顆藥丸倒在手上，轉開水瓶，配著水服下。

「文時叔叔生病了嗎？」剛好看到文時吞下藥丸的永望扶著欄杆問。

「對啊。」文時輕聲地回答。

「我也會感冒，藥很苦我不喜歡，但乖乖吃藥就會好起來。」一陣猛力的夜風讓永望不得不扯開喉嚨說話。

「我不是感冒，我病了好多年了……我是這裡生病了。」文時指著自己的頭繼續說：「我會看到和聽到很多你們看不見也聽不見的東西，會吵到我睡不著覺，所以要吃藥。」

「那不是超能力嗎？只有你會的超能力！」永望眼睛發亮地說。

聽到這句話的絜和文時，兩個人對視了幾秒，文時只能對絜露出一個淡到看不見的笑容。

太好了。文時心想，今天到現在，都沒有人多餘地探問一句。

深知自己狀況的絜、沒有多餘心眼的孩子、心無旁騖只專注於自己喜愛事物的恆。久違地讓他感覺到可以把胸口稍微放鬆的自在。

永望跟恆一直想找出天空最亮的一顆星星，數了接近一百二十四顆之後終於累了，永望的眼皮已經沉重地睜不開，恆把他背下樓梯，把他放在防水墊上蓋好毛毯他已經完全熟睡，恆自願守在門邊，分配好各自的床位後，他們躺下，文時轉熄露營燈，很快地連不容易熟睡的恆也發出進入深眠均勻規律的呼吸聲。

絜回想今天一整天，像一場她自願迷失的夢境，放逐一樣自由。在無人看守的燈塔裡，這是個隱密的時間，絜不知道為何也感覺到，文時也沒有睡著。彷彿各自據著一個角落，單純而不發聲息、不顯露意圖的等待。四周充斥著不需沾染、不用回應的聲音，心跳微微的，隨著有些黯淡的溫火滾沸，守著火炬一樣，安靜地振動，然後也說不出口，究竟在等待什麼。絮只想清醒著，清晰地感受這段時間每一分秒流逝的模樣。

她移動身體微微地側身，剛好和文時睜著的雙眼對視，和那天在慢性病房一樣，誰都沒有避開目光，彼此的眼睛裡都印出對方輪廓的成象，像潛入似的凝望，絮覺得他的眼睛有剛剛在山腰看到的太陽沉入夕暮後雲的顏色，漸入漆黑之中反而可以清晰地照映一切，他們的呼吸一起一落，時間落入最深的海溝彷彿永遠觸不到底。絮不自覺地微笑。

終於，終於啊。可以不用再隔著玻璃和保持距離地看著你。

她以不驚動身後永望的力氣慢慢地將身體移近到文時面前，將額頭輕輕地和他靠在一起，感覺到溫熱的鼻息和他胸口散發的體溫。

文時剛開始有些驚訝地將頭稍微向後傾，但還是保持額頭觸碰的地方相連在一起。絮好好地端詳他的睫毛、眼窩和有些乾燥的嘴唇上的紋路，有什麼長久攔阻無以名狀的感受徹底被放行，重新流進可以洗淨一切的熱度，裡面不再只有痛感和恐懼，還有更清醒透澈的未知之物，比如這一刻，得到了彷彿終於歸鄉後可以安然入睡的寧靜。沒有過去，也沒有始終混沌不明的從今往後。

「我一直很想問你。」絮用最細小的音量說。

「你怎麼在這裡一個人度過冬天？」

文時沉默了好一段時間，持續看著絮的雙眼，像看著自己的視線在火光中漸漸的被焚毀，才緩慢地開口，聲音比絮更小：「有時候早晨下過雨之後，下午會起霧，把一切景物都吞沒一樣的濃霧，我會沿著山路走進去，走到霧散開為止，很多次我都想著，如果沒有散開我就一直走下去，然後就這樣消失也沒關係。」

「但是你每次都回來了。」絮閉上眼睛，再把頭更挨近直到輕碰他的鼻尖。

「你還在這裡。」

文時想著如果是為了這一個晚上，那他確實非常的慶幸，自己穿行過每個寂寥的寒冬之後依然在這裡。消失在霧裡也很好，但也許自己更想一直跟絮一起像這樣待在無人知曉的地方，共享靈魂裡的暗夜。

「我曾經看過這個燈塔除役的那一天，最後一次點亮的時候。那天萬里無雲，它發出了我永難忘懷的亮度，光線直達最遠的海平面那樣的距離。

我那時一直在想這麼大的燈塔，最後會被拆除嗎？但它只是被遺留在這裡了，樓梯鏽壞了好幾階，長滿了青苔和爬藤，積了厚厚的灰塵，變成各種山林動物的巢穴。我大概就跟它一樣吧，就只是一直在這裡而已。」文時語調模糊地說，他努力地掙開已經發揮安眠功效的藥性，想要跟她再多說一點話。

「但是你不會忘記吧？不會忘記它曾經點亮的模樣。我也是喔，一直記得我當初第一次見到你的樣子。」

文時想著原來絮的聲音近在耳邊的時候，是這樣的起伏和音律。細小如絲宛若蜂鳴。記憶裡他從來不曾和任何人到達這種親密，所以雖然他對絮忽然拉近的距離感到非常的戒慎與恐慌，他卻不想避開，寧願強忍著全身的顫抖也要承接住她。

他們在天微亮時才真正睡去。

沒過多久絮就被門上的窗戶鋪曬進來的刺眼陽光照得全身發熱，她睜開眼睛，發現恆和文時的位置都只剩他們昨晚拿來當靠背和枕頭的包包和外套，她揉揉眼睛，幫旁邊還在熟睡的永望拉高毯子遮住陽光之後靜悄地起身，稍微伸展拉開一下僵硬了整晚的筋骨，緩緩得走上旋轉樓梯。

明朗的海風將她的頭髮一瞬間吹亂，眼前是開闊遼遠的海岸天際線，從雲面的縫隙穿透出的光束，灑在平滑安靜的海面和遠方連綿翠綠的山頭。

她看見文時和恆一起站在平台，看著在藍得清澈的天空上，兩隻飛鷹凌空迴圈滑行，恆伸出手感覺著風速，他說牠們飛行的時候，會感知空氣的流動，尋找足夠的上升氣流支持牠們的身體，讓牠用宛如靜止的姿勢盤旋在空中，他終於可以真實觸摸到這股支持老鷹翱翔的氣流。

她笑著走到他們身邊，也學恆把手伸出去，明明什麼都摸不到，只有明朗的海風從手指間穿過。

恆的視線一直跟著牠們，絮想就算不看他的表情，也知道他現在臉上一定出現了他小時候第一次撿到夜鷺羽毛一樣的笑容。

而最亮的一顆星已經慢慢隱沒在不同濃淡的晨光中。

5.

回到恆的住所之後，在燈塔裡只有一夜淺眠，心神終於放鬆下來，他們把行李先堆放在客廳一角，梳洗完畢後，永望就回房間補眠，恆還是堅持要做些簡單的打掃，收起多曬了一晚的棉被，絮坐在客廳沙發上看著他忙進忙出，才想起要幫早已沒電關機的手機充電。

開機之後，螢幕上跳出提醒有好幾通未接的簡訊，號碼有老家的市內電話，也有母親的手機。一看就知道是緊急事態的間隔的頻率，她咬緊下唇，從心底開始淹起一層不安。

「媽打了很多電話找我。」她對正在擦桌子的恆說。

恆沒有回話地也走去拿手機，開機之後沉吟了一會說，他也是。而且母親還留了訊息給他，剛好出門辦事去絮家附近，想順道去送調養身體的中藥給她，打很多通電話都進入語音信箱，她就直接過去，結果開門的卻是陌生的年輕女子，她說原屋主在三個月前就搬走了，怎麼都沒聽妳姐姐說？她現在人在哪裡？

「已經沒辦法再瞞下去了。」恆把訊息內容轉述完後對絜說。

「嗯。」絜捏緊了手機點點頭。她最害怕的並不是面對母親，而是她知道這件事擴散到家裡之後，就會有許多言語的涉入，她一直還找不到適當的位置安放的決定就要開始被迫挪動起來。

她站起身，開門站在走廊，找到母親的電話回撥，如絜預料的才響兩聲她就接起了電話，她安靜地聽著母親說她擔心得整晚沒睡和接連拋出來的問句，她只平靜地回了一句，等我回家再說吧。

底終究被掀開，最不想被看見的東西全都裸露出來。絜回到房間之後跟著永望一起沉沉睡去，醒來之後覺得，難得無夢，坐在床沿看著已經接近傍晚的昏暗天空，街口的信號燈依然在窗面上閃爍，絜又想起昨晚的那片星空，想像最亮的一顆星已經開始在籠罩著薄暮的燈塔上方透出光亮。

隔天他請恆幫忙照顧永望，自己一個人動身回老家，她和恆從昨天中午絜回房之後，就幾乎沒有對話，絜知道恆是不想要再對絜施壓任何後果的猜疑，一切等談過再說。

恆只在絜出門時淡淡地說了一句：「就讓她念到高興就好。」絜勉強地擠了個微笑給他。

寄住在恆家裡的八個月裡，她只帶過永望回去兩次，她還把母親認為自己現在的樣子穿戴整齊，喬裝得體體面面，說著和先生一起在找附近的幼稚園，帶著他們一起在假日看球賽之類，好聽悅耳的謊言。這是她從小就學會的，技巧地繞開母親細線一樣易斷的焦慮緊張，說出口之前把事實的雜質過濾乾淨，全都塗抹得平整均勻看不出痕跡。

拿出老家鑰匙轉開門之後，聞到家裡熟悉獨有的氣息，心跳就重了一拍，室內沒有一如往常電視吵雜的聲音，靜寂地讓絜手心發涼。她拉開紗門，把收在鞋櫃裡自己的橘色拖鞋套上，母親從房裡出來，表情如常，態度依然保持著不熱絡的平淡，她說昨晚整夜沒睡，去補個眠，還擔心地靜不下來，走來走去，膝蓋很痛。

絜也只淡然地回了一句：「很痛的話就吃顆診所開的止痛藥吧。」

母親便開始抱怨那個醫生現在每次回診都要照膝蓋X光，對身體很不好，照X光的先生也對有點重聽的她說話很不耐煩，不想再去了之類尋常的碎念。

她走進廚房把絜最喜歡吃的那家巷口的豆花拿出來放在餐桌上，絜去廚房拿了湯匙，坐在母親對面，舀起一匙花生豆花吃下，母親說了句現在漲價然後花生還變少了之後，絜吃掉半碗的時間內，她們陷入一陣沉默，只聽見客廳裡時鐘指針的聲響，絜記得它每次都會走快五分鐘，永遠不準時。

「阿弟昨天都跟我說了。妳現在打算怎麼辦？自己一個人養小孩很辛苦哦。」母親丟來直球。

她沒有回話，眼神放在空的湯匙上，其實她根本嘗不到甜味和豆香，只是這樣剛好可以不用看著母親的臉。就像小時候挨罵就一直看著放在大腿上緊緊交握的手指一樣。

「現在都這樣啦可以說了。我跟阿弟一開始就不喜歡那個男的。吊兒郎當沒個正經樣，錢都拿去買什麼球鞋……只有一雙腳要那麼多鞋幹麼。只是妳當時已經懷了永望我能說什麼。他是不是跟妳老爸一樣在外面有女人了？」

絮輕皺眉頭回了一句：「我不清楚，因為他幾乎都不回家。」

母親剛剛說的一開始她就打從心裡明白，不只是家人，就連自己也不曾看好這段婚姻。只是咬牙苦撐地催眠自己一切都是為了永望。

絮記得在婚宴那天，母親招呼親戚忙得不可開交，恆卻從頭到尾都板著臉，不管誰跟他說什麼他都只是虛應，比平常更散發出難以親近的氛圍，最後母親看不過去，拉他到旁邊碎念說大喜日子臉那麼臭擺給誰看，恆只回了一句：「我臉上又沒有大便。」就走開了。

絮當時以為恆只是不喜歡這種頻繁跟人接觸交際的場合才會這樣表現。其實是他也無法接受這樣的人成為自己的姐夫。

她知道回來這裡，這些從當初就搖晃不穩的根基，就會在全部崩塌之後一再被拿出來究責提醒，她非要捱過這段時間。但母親一提到她早已連面容都淡忘的父親，還是免不了感覺一陣緩慢下沉般的無力。

儘管他早就離開了，從小母親口中這個可惡、一文不值的父親，就在她的言語裡一直鮮明地在家裡保有一席之地。母親對他無法自拔的怨恨，讓他彷彿還有能力可以隨手就傾倒這個家的一切。

她和恆不知道聽過多少次「你這樣跟我頂嘴，跟你爸一樣都看不起我。」、「你就跟你爸一樣，只把我當成看門狗，出門就不知道回家。」只要是她認定卑劣的部分都是父親的餘毒，輕易地把他們歸在同一類。

母親接著問待在恆家裡多久了，不會太麻煩他嗎？突然要多照顧姐姐和外甥。絮只是含糊地說就幾個月吧，也不會一直待下去，他白天要去上班，我還可以幫忙他打理一些家裡的事。

絮知道恆也一直沒跟母親提起他離開公司的事情，雖然也不是什麼有必要隱瞞的大事，但她和恆都深知與母親多做解釋的困難，總是會有默契地彼此照應，如果讓母親知道了，她八成會說一定是恆說話一直都很沒禮貌人家才不要他，不管實際狀況如何，母親首先都會列出一條罪狀讓他們背著。

接下來絮就開始心不在焉地用湯匙攪動碗裡豆花的碎塊，因為母親又再度提起絮已經不知道聽過多少遍、她是怎麼自己一個人把他們姐弟拉拔長大的陳年舊事，尤其是你弟弟還那樣，她總會這麼說。

但她能體諒母親，自從他們姐弟離家之後，她的時間不曾前進，就像那個時鐘一樣，永遠無法與現在準確地對時，沒有新的事物填入流失的空缺，只有鎮日和她守在一起的過去，變成厚厚堆積起來的巨大之物，讓她眼見所及全是舊人舊事的景象。

最後母親說，既然決定不想再跟他過，就去離婚吧。一個姐姐住在弟弟家像什麼樣，不然就和永望暫時先搬回家來，她還可以幫忙照顧，去找份正職的工作，存些錢看能不能在外面租個房子。押金的話她這裡還有些存款，先拿出來應急沒有問題。

絮把淚水含在眼眶，沒有落下。她不習慣在母親面前示弱，也從沒想過要家裡撐住自己。但她確實搖搖欲墜到任何人都看得出來的地步了。她無話可說，只能一直看著眼前放著湯匙的空碗在眼中漸漸變得模糊。

她多留了幾個鐘頭，坐在餐桌上幫母親處理晚餐要吃的芥藍菜，她總是會花功夫把菜梗粗硬的外皮用小刀削乾淨。已經不再需要展現平常那些準備齊全的謊言，她終於可以好好和母親說些沒有修飾的話。絮一直陪伴她直到她說吃晚飯前想回房間再小睡一下，她才準備離開。母親進入房間之後，她站在還是四處放置著恆和自己居住過痕跡的客廳，靜靜發起呆來。

回家之前她繞去附近的超市買晚餐的材料，一路上都忍著喉嚨和眼眶淤積的酸楚，還是倔強地不讓自己垮落，因為她不喜歡像小時候母親一樣，遇到事情總是哭哭啼啼，完全跌進深潭一樣的情緒之中，什麼話都聽不進去。

買好東西，她還先去附近的國小圍牆外漫無目的地繞了一圈，完全把眼神放空，看一整排欒樹葉端淡橘色的花，盡情地沮喪。回家還要笑著面對恆跟永望。

比預定的時間晚兩個鐘頭才回到恆的住處，客廳裡難得坐著客人，是個年輕的男生，穿著簡單俐落，有著宏亮明朗的大嗓門。看見絮他有禮貌地起身，自我介紹他以前在公司和恆是同一個部門，在恆的手底下工作。

幾句招呼過後，精神上已經很疲勞的絮讓出客廳的空間給他們，退到房間。永望安靜地在房間的地板上拼樂高，看到絮進來開心地把他拼了一個早上的消防車拿給她看。絮沒精神做任何事，索性坐到地上，陪他一起拼樂高。客廳裡傳來他們談笑的聲音，對話內容絮聽得一清二楚。

他的來意是想邀請恆自己開一間工作室，他們在公司都敬服恆的能力，而且只有他可以應付難搞的客戶跟廠商，他犀利冷面、有話直說，職權劃分、責任歸屬都界線分明，不合理的要求絕對力爭到底、不收爛帳。主管每次聽到他在跟客戶說話都嚇得冷汗直流，主管雖然對他頗有微詞，但同事私底下都叫他「恆哥」。

最印象深刻的是他曾經直接出口制止一個態度很跋扈的女主管，對新來同事的職場霸凌。不知道什麼原因，女主管對新同事態度冷漠，最明顯就是不願意喊她的名字，見面也從不打招呼。

女主管永遠都只形容她為「那個誰」，連她在上班途中發生了被狗咬的意外，嚴重到進了醫院治療，她知道後只幫她取了一個更難聽的綽號「那個被狗咬的」，有次女主管來和恆要資料，恆回答她說妳去找那個新同事就好，她手上的資料更完整。她插著腰故意用整個辦公室都聽得到的音量跟恆說：「誰？我不知道你們說誰。」

恆說出她的名字，指著她座位的方向，還形容她的長相特徵甚至是分機號碼。女主管仍然氣焰高漲地回說：「你是說那個被狗咬的？」

恆此時已經開始累積起微妙的不耐和怒氣，回她說：「人家有名字的，麻煩妳叫人家的名字，妳也不喜歡人家一直說妳是『妝化得很濃的那個』吧？」

整個辦公室瞬間安靜無聲，大家都故意把頭壓低，避免被衝突牽扯捲入。直到女主管尷尬地甩頭離開，他們才敢發出低低的竊笑聲。

絮從來沒有見過恆的這一面。聽他的形容好像在說著一個她完全不認識的人。她把幾個顏色的樂高拼成一棵在消防車旁的行道樹，想著離家的這幾年，恆也已經把自己拼裝成適合的模樣。

只要把數字給我就好，我只要最原本、最粗糙的數字。

絮曾經在電話裡聽到恆這麼說，他把拷貝紙拿起來，覆蓋在原圖上作為修改的參照，視線跟心神都顯微般地專注在每一條線和邊角、軸線、比例都有精確數字的圖面上，絮每次看到他那個模樣，就覺得這就是他該待著的地方，只要給他數字，他就可以把一切建蓋連接起來。

同事要離開之前，他們聊到他剛來公司的事情，第一天中午午休時間他忙完發現身邊所有同事都出去吃飯了，他對公司周邊完全不熟悉，本來想跟著大家一起去吃飯。他環視公司一圈發現只有恆還在座位上，他走去跟恆搭話，問他有沒有要去吃午餐，恆卻只盯著手上的事完全不看他一眼地說，等這件事做完，會去樓下買個飯糰吃。

看恆冷淡的態度本來想開口約他一起去的念頭瞬間被澆熄，恆形容他那時「看起來一臉受盡委屈的樣子站在那裡」，恆看到他的表情立刻結束手上的工作，站起來說現在出去的話，去附近的餐館吃還來得及，他當時還結巴地問恆不是還有事要忙嗎，恆只是果斷地說再拖拖拉拉就來不及了哦。

絮聽完輕笑起來，果然很有恆的作風。他只是覺得如果不把眼前這個委屈同事的午餐問題解決的話，他也沒辦法專心工作。心裡隱隱約約傳來一個針尖般細小的聲響。

她的弟弟恆，那個曾經和她一起在學校的走廊上罰站、會在全黑的房間裡用被單把自己藏起來的恆，已經完全是只存在過去的光景了。

恆送同事離開之後，絮打開房門，跟他說買了晚餐的材料和晚餐的菜色，恆在絮關起冰箱的時候問：「媽怎麼說？」

絮繼續轉身整理購物袋，刻意輕描淡寫地說：「我跟她說待在你這裡，多少也可以幫你一點忙……」

「我不需要妳幫忙。」還沒等絮說完，恆就立刻出聲打斷她。

絮停止手上的動作，愣了好幾秒無法動彈，明明知道恆平常就是這樣說話，他只是簡略了藏匿在這句話背後完整的意思，直接而毫不矯飾，就像對準靶心的箭一樣沒有任何偏移地帶，一箭就射穿。但她非常明白自己現在沒辦法承受這種剝皮見骨的誠實，她感覺自己的身體微微地發抖。

她不是第一次經歷這種被他的話語利箭射穿的感覺。

恆在離開家之前，花了很久的時間尋找適合的租屋處，他精打細算地四處比較，最後選擇了一間雅房，公共空間和衛浴設備都是共用，和其他三人一起合租。絮當時堅持要陪他一起去簽約，與其說怕他被騙，絮確實也不放心，他是否可以獨立完成這件事。她甚至沒有告訴恆，特地跟上班的地方請假，出現在恆簽約的地方。

恆一看到絮，就像豎起滿身尖刺的刺蝟，堅決而面無表情地說：「我自己可以處理，請妳不要再幫我做任何事情。」

她當時也是像現在一樣愣住了不知道多久的時間，什麼話也沒說，轉身就離開了。

絮恍然地想起，她和恆似乎就是從那個時候開始漸漸疏遠。絮已經想不起，她怎麼度過聽到恆說這句話之後的時間，日積月累已經長成一根磨鈍的刺，不至於刺傷自己，但也無法完全拔除，她一直不願意承認也許對他好，只是出自像本能一樣放不下的執念，而無關他需不需要。

但對現在已經瀕臨墜落邊緣的絮來說，只感覺一下碰觸到了堅硬、冰冷、頑強的拒絕，清楚地隔離、密封了她接下來想敞開明說的一切。

「你的意思是，我一直都在給你添麻煩嗎？」明知道他不是這個意思，她還是忍不住把這句話連同好幾年前問不出口的疑問一起脫口而出。

「我沒有這麼說。」恆看到絮的表情口氣也開始緊縮了起來：「妳現在不是想著要怎麼幫我的時候，妳可以去找一個月入三萬五左右的工作，然後每個月開始按比例分配……。」

「這些我都知道，你不需要一直提醒我。」

聽到他又要開始鉅細靡遺地分析起來，她難得對他提高了音量：「不要認為我沒有說出口，就覺得我什麼都沒在想。永望是我的孩子，我當然也無時無刻都在思考對他最好的下一步是什麼……怎麼樣跟他解釋他以後不會有爸爸了，又不會傷害到他的感情。這些年來，我也和你一樣，當作自己沒有家人的一直獨立地處理所有的事情，現在我只想回到家人身邊，就這麼唯一一次地希望你們能支持我……這樣也不行嗎？」

說到最後一句她今天從早上開始累積的眼淚已經全部落下，她對母親有長久築起的警戒心牆，但對恆就完全防堵不住真實的情緒。

「我沒有說不行啊。」恆抓抓頭，語氣滿滿無奈地說。

唉。又說錯話了。恆在心裡響起警鐘，不合時宜的話會觸發無法收拾的後果，就像投出觸身球誤傷了人的投手一樣，他總是會這樣提醒自己，但他卻總是控制不好言語丟出去的力道。

現在只能任由她雙手掩著臉、肩膀不停顫抖地低聲哭泣，他把桌上的面紙盒推到她面前，絮賭氣地把臉撇開，故意用手把鼻涕抹掉。除此之外，恆知道自己在想到適合說出口的話之前，他也沒辦法做什麼，此時所有錯誤的表達只會讓氣氛更緊張彆扭，不如先不要輕舉妄動。

絮把餐桌椅用力地拉開坐下，雙手仍然掩著臉，把自己緊緊地封閉起來，恆就這樣呆站在她面前，右手不自覺地握拳放在桌上。

直到聽到客廳動靜的永望把房門打開一條縫隙，看著一臉窘迫的恆小心翼翼地問：「媽媽在哭嗎？」

聽到永望聲音的絮立刻用手把眼淚快速地抹掉，回頭聲音沙啞地跟他說：「媽媽，只是在跟舅舅談事情……你先乖乖待在房間。」

恆像終於解開了剛剛緊鎖不動的困局一樣，趁絜在跟永望說話的時候，快步轉身抓起了鑰匙穿上鞋，開門走出去。

「舅舅要去哪裡？」永望略帶不安地說，拉開房門走到絜旁邊。

絜大概明白他現在的思緒應該已經嚴重當機打結了，要出去降溫冷卻一下頭腦，等他理清楚了就會回來。所以只是彎下腰把永望抱到身邊：「沒事，不要擔心，舅舅只是去散步等下就回來了。」

「我以為來舅舅這裡媽媽就不會哭了。」永望皺緊眉心，小手捧著絜哭得漲紅的臉頰：「我都知道喔，媽媽在以前的家常常在哭。」

絜不知道要回答什麼，無法控制眼淚掉進他的手心：「只要你們都過得很開心……媽媽就開心了。」她把永望的手緊緊握在手心。

「媽媽也要開心。妳也要讓自己很快樂。」永望低聲地說著紅了眼眶。

絜終於解放似的哭出聲音，將他暖熱的身體緊緊地抱入懷中。

恆快步地走向街角的超商裡，走近放著琳琅滿目冰淇淋的冰櫃，掃視了一遍所有的口味，找到焦糖核果口味發呆了一陣子，才打開門拿去結帳。

走出商店後在傍晚冷涼的空氣中走了十分鐘才讓過度運轉的腦袋減速一些，思考的邏輯一格一格地回到序列，感覺皮膚布滿了寒顫引起的疙瘩，自己連外套都來不及拿只穿了一件薄襯衫就出門了。他聳聳肩膀，加快腳步想讓身體暖起來。才發現已經繞了社區的巷弄走了好幾圈，又回到了大樓旁邊的土地公廟跟公園。

他坐到公園鋪著落葉的長椅上，金屬的質地又讓他一陣哆嗦，他放掉力氣頹下整個身體，看著透出兩棟大樓之間已經慢慢沉落的夕陽，嘴巴喃喃地念道：「太陽直照赤道，軌跡慢慢向南移，到了冬至就會去到南回歸線然後再回來。」

突然一滴溫熱的液體滾出眼眶沿著臉頰滑落，恆用手指摸著臉頰，感覺沾濕在指尖的眼淚，已經很久沒有哭過了，他想。

自己落淚，從來不是因為別人形容的那種強烈的、從內部崩解一樣的悲傷，而是因為無能為力。無能為力於理解他人，也無能讓他人了解自己。更無法將想表達的迅速調動組織起來，用充滿真實情緒分量的方式說出口，讓對方能順著這條言語的橋接通抵達自己的這一端。

能在絮最需要的時候接住她，他其實也很高興，也很慶幸絮在那個時間點第一個想到的是自己，終於有機會可以和她再重新連結起來，用平穩和緩的速度一起生活。

但他就是無法用話語表達，只能笨拙地拚命做。就像他一直以來的那樣。

他開始不依賴言語了，言語總讓自己受困。語言這個工具並沒有想像的堅實耐用，總有無論如何都無法擲回掌心的發問，總是要落入迂迴沉默的圈套，而他也學會，放棄掙逃，只能安靜下來，維持靜態的觀察收集所有他們言語裡的蛛絲馬跡。

他撿起一片落在旁邊空座位上還鮮綠的楓葉，在手上轉動，節制無聲地讓眼淚流盡，彼此誤解的火一燒起來，誰都無法全身而退，但他也不忍躲開，儘管這一直是他最不擅長解答的問題，一條單向而始終標示不清的路。

夕陽僅剩最後一點餘燼，路燈點亮，照亮他單薄的身影，他用袖口稍微把眼淚抹乾之後，拿起外層已經開始冒汗滴水的冰淇淋走回家。

回到家後，看到絮坐在客廳的沙發上，很明顯是在等他回來。她仍然眼神空滯，鼻頭和眼眶都哭得泛紅，但看起來已經平靜了許多。他走進客廳，把冰淇淋和木湯匙放到她面前說：

「安慰哭泣的小女孩。」

「我都幾歲了……」雖然嘴上這麼叨念著，但絮還是把冰淇淋拿起來，撕開蓋口，挖了一大匙塞進嘴巴，皺起眉頭說：「你什麼時候買的？都融化了。」然後繼續一口一口地吃。

「我發現妳還把一些東西放在行李箱裡。」恆把語氣放到最和緩，把剛剛思考周全的話說出口：

「是因為妳知道我不喜歡把東西擺得到處都是，對嗎？但這真的不是妳該過的生活，妳可以活得更自由的，妳是我唯一的姐姐，該怎麼說……我希望妳過得好。不是別人替妳決定的那種好，這樣妳可以明白嗎？」恆說這段話出現他很少會一起搭配使用的手勢，顯見他真的很費力地想把這段話說得清楚明白。

絮停下了動作，多少年沒有聽見恆稱呼自己姐姐。

絮現在才終於能理解恆為什麼總是可以這麼乾淨俐落、不留餘地的拒絕。其實是他在堅持守護自己不容動搖的意願。他思考得足夠清晰，不會被任何人的想法攔阻拘限，而自己的人生裡卻從來沒有一刻執行過那麼清醒明確的意志。只要讓所有人將她的一切全都瓜分取走，她就不用時刻詢問自己究竟想要什麼。

自我的種核早就在她裡面萎縮枯竭，恆一直試圖想要告訴她這件事，所以用拒絕將她趕回她應該要身處的地方，試著不依持著用無底的付出來交換任何事物。

「我也是有自己的希望。」絮感受著舌尖的甜膩緩緩地說：「我一直不喜歡住在吵鬧又擁擠的地方，之前的家也是為了永望以後上學方便，才選擇了靠近學校的鬧區。」

她一邊吃著已經融化的軟綿的冰淇淋，一邊和恆描述自己從未說出口的理想居所，靠山、面海都可以，空間的坪數還有裡面的格局，色彩、裝潢的風格，廚房有個中島，最好有採光的落地窗……

看著恆托著下巴凝聚全部專注力地聽著，絮低下頭有些不好意思地說：「我知道你一定會說，我不切實際，這要花多少錢啊。」

原本以為恆又會像之前一樣，撕下一張紙拿起筆，振振有詞地幫她把每一條預算，和每個月要賺和存多少錢分析寫下來。但他只是安靜地聽。

不管是她最愛吃的巷口豆花和自己總會選擇的冰淇淋口味，自己已經很久都不曾想起，而他們卻總是記得。

絮想起小時候放暑假時，母親總會帶著他們姐弟去附近郊山的溪邊玩水，但每次傍晚回家前，他們都要一起穿越在河中的隧道才能回家，當時非常怕黑的絮一直牽著母親不放手，走在前面的恆說，怕的話就喊他的名字，他就會回應。

她記得他喊了好幾次他的名字，恆都大聲地回答讓整個隧道充滿回音，母親也從來都不曾放開她的手。就算在黑暗之中，她也從來都不是一個人。

6.

文時看著後院裡的桑葚樹，垂墜著幾顆深色的果實，他忘了時間一樣只是凝視著它們隨風擺動，伸手摘下最大的一顆，放進口袋，想要拍張照片給絮，告訴她桑葚樹終於結束了漫長的睡眠。他轉身走回客廳中央，沒有一刻感受到如此安靜。

他像重新識字般地辨別每一個聲音，已經持續了好一段時間。醫生和他說，他偏斜混亂了感官的正常運作這麼久，還需要重新塑形一樣地調整回來。落在葉面上的雨滴、在走廊跳躍的鳥鳴、被風吹亂的芒草、規律行走的時鐘、踩在木地板上的腳步，都是保持原來模樣的聲頻。之前一個人獨居在兩層樓的木屋之中，因為無處不在的雜音和幻象，讓他總覺得每個空間都複雜又擁擠，現在開始感覺到清冷空曠，開啟水龍頭的水聲都可以在周遭清晰地迴盪。

骨頭和臉部看起來漩渦式的變形、物品質地過度明亮、膨脹和生動、顏色看起來有各種意念、腦袋完全喪失篩選機制，腦子裡關不掉地湧入各種毫不相關的訊息、訊息又分岔錯亂地連通上沒有意義的聯想，整天想著要逃跑，所有的聲音都像被颶風攪進暴風圈一樣銳利凶猛，無條件投降似的相信所有沒有人相信的事，這是他原本身處的地方，荒誕、謬誤、扭曲而又瘋狂。

醫生問他，還在反抗什麼嗎？他搖搖頭說沒有，只是常常想著自己還能做些什麼。醫生回答慢慢來吧，你已經不需要任何人來告訴你該做什麼了。他說完將病歷翻頁，第一次開出減量的藥單，遞給護士。

看見幻覺的次數每天都在遞減，他在房子內每個幻覺經常出現的角落都做下紅色的記號，每隔一段時間還是不自覺地將眼神望向這些地方，他們似乎僅存微弱的氣息，影像是散沙一般的細顆粒，只停留在一處不能妄動。最重要的是，他再也聽不懂「4」說的話了。像一直被漲潮淹沒的陸地，海流終於退回海的中央，露出一大片可以行走的沙地。他還要一點一點地花時間去細看每個石縫間還留有什麼生機。

父親生前最喜歡待的和室，現在已經變成堆放以前家中雜物的儲藏室，他收起了之前家裡大部分的物品和家具，不想彷彿還待在從前不變的景物之中。除了打掃之外他幾乎不會踏進這個地方，前幾天他發現電燈開關上，曾留下父親手掌反覆觸摸的黑色痕跡，已經逐漸地淡化消失。

回診時他走出醫院，飄來一陣菸味讓他立刻認出是父親時常抽的牌子，這個足以薰黑一切的味道曾在家裡無處不在，吸附在木頭深處，沾染在每個物品上，他大概永遠都不會忘記。

偶爾經過母親房間，還是會想起她躲避父親時怯懦畏縮的眼神，還有她脆弱的皮膚上總是出現的不明瘀青，她在庭院種下桑葚樹的那一天，以及寫在她梳妝台的鏡子上那句用口紅書寫的英文，已經模糊地看不出字跡，只聽她提過一次那是父親在結婚的第一晚寫上的，他們當時是否有露出自己從來未曾見過的幸福笑容？

現在他只明白，這些問不出口也再也沒有答案的問題，從今以後將不再是他深隱在思緒裡的患處。

他的時間曾經不斷重複，一個沒有截點的迴圈。現在這個迴圈被展開，變成一段一段的片刻，開始延伸，向前鋪路。

步入自己開墾的田地，不再聞到腐爛草莖的氣息，他今晚終於收成了足夠吃一整餐的秋葵，神經不再被莫名的干擾阻斷變質，舌蕾能完全接收它黏滑鮮甜的滋味。

前天也播種了番茄和黃瓜的種子，一切都開始種下了，不用每日沿著原來的路徑返回。現在自己鄰山而居，憑藉土壤、憑藉從土裡每日鑽出一吋的蔬果、憑藉山霧帶來的雨、憑藉陽光的餘溫，他都可以活下去。但一旦走回山下，接觸到比山上總是高了四度以上的均溫，恐懼就開始接管所有，成為一切所見事物的嚮導。

上星期將自己手作的饅頭分給社區中心的工作人員吃，他們都很開心地在他面前當場試吃，認真地對口味和質地做出評語，很老實地說出還有進步的空間。他想著現在他擁有很多的空間了，只是還不知道要挑選什麼重新放進來。

坐在中心的電子琴前，他考慮了很久才把雙手放到琴鍵上，很久沒有用這個角度看著自己手上的每一個骨節，他想琴鍵的觸感是這麼冰冷的嗎？但他還是沒有按出任何一個音，他很清楚自己的腦袋還沒有接掌彈出一首完整曲子的能力。

他覺得自己倖存了下來，帶著少了一樣臟器或裝了什麼維生的機具在身體裡那樣，誰都看不出來的缺損和破壞，他的腳下只是從長滿浮苔的沼澤變成乾裂的土地。藥效減輕，他的思慮像重新過濾一樣清澈得終於可以見底，敏銳地隨時可以晃動出漣漪，將他的神經拉到滿弓。

他過了很久才習慣晚上樹林深處和屋頂上傳來貓頭鷹的叫聲。但還是不確定，讓他惶惶不安的揣疑，他仍是一個負傷的人，總想要把痂皮撕開確認裡面是否長出了新生的血肉，曾經像毫無防備被一瞬間麻醉一樣斷開了原本的一切，墜入醒不過來的夢境，也沒有任何清醒和重返的記憶，只有這個傷口是唯一的證據。

今天屋頂上又傳來聲響，是站在房子外的任何一個地方都沒辦法確認聲音來源的角度，他下定決心，拿著最長的木梯，走出前門，將梯子卡在屋簷和泥地上，一格一格往上爬，耳邊只聽得見他自己粗重的喘息，他用掌心撐著屋簷，把腳用力勾上邊緣，用全身的力氣翻到斜面的屋頂上，拍拍身上的枯葉和泥屑，平衡了一下重心站起來，眼神才剛移到聲響的來處，一個快速敏捷、看不清身形的黑影就朝他俯衝了過來。

他本能地舉起雙臂防禦，緊閉起雙眼，聽見翅膀揮舞拍動的聲音，他將眼睛拉開一條縫隙，是蜂鳥。

時間幾乎靜止，牠懸停在他眼前，雙翅畫著無限的符號高速地振響，嘴裡銜著一顆火種，瞬間點燃——

燃燒成火球的蜂鳥印在他的瞳孔上，腳掌在長滿綠苔的屋頂上滑動，他感覺自己的身體不穩地往後傾倒，臨空翻了一圈，還來不及發出聲音，他就像一截斷裂的枯木一樣重重摔落地面。

他正面趴地陷入濕軟的泥土裡，嘴唇沾滿乾草和土壤苦澀的味道，他動彈不得，全身各處開始傳來疼痛，尤其是首先著地的左腿，除了強烈的痛感還漸漸地麻痺，四周似乎只有他的時間被按停。蝸牛在他眼前緩慢地繞過水窪爬行到草邊的蕈類，躁動的螞蟻搬運著昆蟲的屍體，蟾蜍跳過他的手臂，擾動水邊的草叢，飛蛾在他掉落的手電筒旁邊盤旋飛舞。

就算出聲呼救，也沒有人會聽見。他的墜落、裂痕、清醒和復原也都無人知曉。他記得這種倒地不起的感覺。想起父親被教練一拳打倒、自己被自由搏擊班的同學打到暈眩、在慢性病房要跳窗時被護理人員壓倒在地……都用這個姿勢倒下了，這個和地面齊行，視線被放倒在最低處水平的姿勢，這個只能和腳印、毛絮、塵埃、影子共處的地方。

他也在這個視角看過絮的眼睛，真切的、有最清澈的水經流過一樣美麗的雙眼。

Take my arms that I might reach to you
拉住我伸給你的手
But my words like silent as raindrops fell
但是我的話猶如雨滴飄落
And echoed in the wells of silence
在寂靜的水井中迴響

他的腦中突然響起這段旋律，那是他和絮總是會忘詞、想不起來的段落。

但是他不想再倒下了，一定要爬起來。

他握緊拳頭，就算真的喪失了所有力氣，也要繼續掙扎。他開始扭動身體，咬緊牙關忍受疼痛，手指在泥土上留下深深的指痕。

絮接到醫院的電話之後，在兩個小時內到達文時所在的醫院。

社區中心在電話裡跟她說，文時從屋頂掉下來摔斷了腿，自己用手肘拖行身體回到房子裡打電話求救，雖然社區中心的人可以幫他辦理基本的急救和住院事項，但是他在中心的資料上寫的緊急聯絡人是絮，還是需要請她過來一趟。

絮幾乎沒有任何遲疑就立刻出發，一路上她想起文時曾經在慢性病房寫下他想要從四樓的窗戶跳下去的紀錄，想到他仍然身處危崖，絮就捏緊雙手，胸口一陣難受。

她在櫃檯辦理完所有的手續，循著房號走到長廊最邊間合住的三人病房，在靠窗的床位看見文時，他把床墊靠背的部分抬高坐著，和第一次見面時一樣，手裡玩轉著魔術方塊，本來靈活敏捷的動作變得像慢速回放，轉動下一個面都要陷入沉思，拉開的窗簾引進正午的陽光打亮他的臉和淡綠色的院服，左腳吊著石膏，臉頰和手臂也有擦傷，她調整胸口的呼吸，放慢腳步靠近他的床邊。

「嗨。」文時看到絮輕聲地招呼，笑容讓臉頰出現淺淺折紋。

「最後一面幫我轉好吧。」他抬起手，像當初一樣將魔術方塊放到她面前。

絮拿起來，輕易地看出只要最上層再右轉一次，就能把每個面的顏色歸回原位，她轉好之後將方塊拿在手中，往旁邊的鐵椅上坐下，背部都是陽光的溫度。

「抱歉，我在填資料的時候想了很久，覺得我出事一定會過來的人，大概也只有妳了。」

充滿熱度的陽光非常刺眼，但他把眼睛瞇成一條線也想看著她：「我沒有要自殺，只是連續幾個晚上屋頂上都有聲音，我想上去確定一下，就不小心摔下來了。」

像是看穿了絮欲言又止的沉默，文時主動幫她解開這個圍困的結，也想閉口不談，在復原的前方還攔阻著多少危險。這是險境也是癒合造成的傷痕。無能接上的頻率間曾經產生渺弱的火花，他卻不再惋惜，因為光火存在費心導電的瞬間，在未知裡從沒有所謂的捷徑，到達這裡，才能驗證這只是為了一瞬就不復存在的火光而開始的。

不知不覺間，也許自己終於捨下了獨斷與急迫，習慣了轉頭確認之後再看向前，用漫長的耐性相信等待一切跟上之後，就會漫山遍野、穿石鑿徑地流入明日。

文時把手伸進口袋，拿出一顆已經完全失去光澤和水分的乾扁桑葚放在手心：「我那天本來想確認完聲音之後，就告訴妳那棵桑葚樹已經醒過來，開始結果了。也想告訴妳，我已經決定，要接受社區中心的職業培訓。還有一天，我坐在鋼琴前面，但沒有彈出一個音……」

在文時說這些話的時候，絮用雙手握牢他平放在床邊的手，這一次他沒有抽開，也輕輕地回握她的手。

這是絮第十次來到文時在山上的家，她都記得很清楚，上山的車掛著綠色的面板，哪個彎道後可以看見一片開闊層疊的山脈，哪裡有一整片高聳的箭林，經過幾間已經清空廢棄的景觀咖啡廳再十五分鐘左右，就會到達文時家的站牌。

恆也找了一天和永望一起去探望文時，恆特地買了一大籃選裝的水果給他，堅持要補充維他命C才好得快。永望在他左腿的石膏上畫上有笑臉的太陽和星星，說了好幾次痛痛快飛走，還給了文時一個擁抱。

聽著文時說著有些掛心家裡的情況，那時狀況緊急，連門是否有鎖好都不知道。絮主動說，我幫你上去看看吧，順便幫你收拾些換洗衣物和日常用品過來，離開前文時把家裡的鑰匙交給絮。

在同樣的站牌下車，走三分鐘後轉入芒花盛開的小徑，絮穿過前院時踩進一個低淺的水窪，濺濕了她的腳踝，她把腳移開低下頭，看著自己的鞋子前端已經沾滿了爛泥。再仔細看，那個水窪呈現一個人形，絮立刻想到這就是文時摔下來的地方，一架長木梯傾倒在一旁，不遠處掉落電力已經耗盡的手電筒，手的形狀部分抓出了一灘深溝，還有一整條拖行的泥痕直到門口。

想起社區中心的人說，他用手肘支撐著爬行回到屋內打電話求救，這些就是他堅決求生的痕跡，絮想著他當時忍耐著疼痛憑著意志力全力自救，就像他當時在筆記本上寫的一樣，就算涉入瀕危的險境，奮力掙扎出新的傷口也是為了活下去。

她走上階梯用鑰匙打開了門，窗門緊閉的室內有些悶滯，她打開窗戶，讓空氣流通，客廳地板上留著文時身上和救護人員的腳印帶進來的乾燥泥漿，絮走進文時放掃除用品的空間拿起掃把，將乾硬的泥塊和細沙掃乾淨。

文時當晚留下放在桌面上的半杯水、還沒整理的空藥袋、轉開的指甲剪和一支筆尖沒有收起的原子筆，月曆上寫著，黃瓜和番茄的播種日、桑葚樹結果。在文時不在的時間這些物品彷彿靜物，替他保存了那一晚的景象。

她走上光線有些昏暗的樓梯，小心地踩穩腳步，走上二樓發現他臥室的門是敞開的，她走進去，裡面只有單調基本的陳設，家具色調素樸簡單，她打開窗，依照著文時說的走到擺放居家服的抽屜拉開，裡面只有單一顏色的幾件棉質的衣物，再打開衣櫃，也僅吊掛著四件淺色的襯衫，她拿起其中一件淺藍色的襯衫，想到他穿著這件襯衫，靠在窗台和賓士貓對看的背影，一點微弱的陽光把他的肩線和背部染成白色。

她拿著襯衫，轉身在床緣邊坐下，沒有他的身形支撐，淺淡輕薄的布料微微透光，看著這個房間的留白和空洞，這裡有他每一日，刻度般計算的日常，就像牆壁上靠近才能看見無聲擴散的裂紋，沒有經過翻土一樣漫長的睡眠，沒有發出聲音過的祕密，艱苦時的喘息，無法說出口眼淚的流向，感官顛倒錯亂時的顫抖和惡寒，在一個空間裡全然沒有管束沒有時間發落的全然自由，但越是向前走盡頭沿線的景色卻像被拉遠了焦距越退越遠，沒有任何人和事物準備等待抵達或迎向他，也無從設立什麼時候該停下。

在這裡似乎嫩芽與枯枝都是新生，盛放與凋亡比鄰，滿足和飢餓一樣強烈，哀鳴與笑聲共享回音，挺直背脊沒有比瑟縮強悍，傷痕與結痂都發生在同一處，被熱度焊燒、火花散盡的地方會留下發黑的空洞，絕望與希望，一樣可以連根拔除。

絮坐在床邊把要帶走的衣服慢慢地摺好，陽光從左邊偏移到角落，靠床的一側沒入暗處，她耳朵裡似乎響起了凌亂無章的琴聲，那是文時還沒生病之前，在排練時的休息時間，他讓出鋼琴椅的一邊，跟她說坐著休息一下吧。她坐下來，把手放在琴鍵上，和他一起彈出噪音一樣的合奏，怎麼可以這麼沒有默契啊？他當時止不住笑聲地抱怨。

她不是再度想起，而是沒有一個時刻有試圖銷毀關於這一切的記憶，想反覆地深印、複寫在每一吋時光空白的地方，在最遠也最深的暗處忽明忽亮，就像緊抓著從那個暗處延伸出繩索的另一端，只要一想起，那一頭就還能傳來回應的震動。

她抱著一疊衣服下樓，全部裝進從家裡帶來的空行李袋中，再去浴室收拾一些盥洗用品，把兩碗貓糧倒滿白色瓷碗，放在後門邊，替已經有些垂頭喪氣的農作物灑水。

她起身時看見已經結滿了鮮紅與深紫色果實的桑葚樹，她靠近細看，蹲在樹叢中央想要摘一些帶給文時，葉叢深處突然飛竄出一個身形迷你、速度飛快的影子。牠定格凌空飛在一朵海棠旁邊，用細長的喙管吸食花蜜，絜才能稍微看清楚牠，流線的暗褐色身形，兩隻觸角和尾翼，翅膀高速地拍動如蜂鳥。

我問你，台灣有蜂鳥嗎？

要出發上山的前一晚，絜還是忍不住開口問恆。

沒有。恆斬釘截鐵地回答。開始解說蜂鳥只分布在北美洲的哪些區域、習性之類的一大段話絜都零零落落地聽著，直到恆說到台灣只有一種蛾常會被誤認為蜂鳥，就是長喙天蛾。她才凝聚了所有專注力，恆說牠的飛行軌跡可以橫飛、倒飛任意轉向，在定點滯空，跟蜂鳥一樣有長長的口器和尾翼，整個身形都呈現蜂鳥的擬態，所以常被認錯。

牠是幻覺一樣的擬態。她終於跟文時看到同一個幻覺。

牠用喙管輕點了周圍的每一朵海棠之後，就在眨眼的瞬間消失無蹤。

絜緩緩起身，一陣盤踞在湖面上的嵐霧隨風籠罩了庭院，敞開的後門包圍在白霧之中，絜想起什麼似的穿過夢境入口一樣的濃霧，走進後門邊的廚房，空氣裡瀰漫著流理台上的水果散發出過熟的甜膩香味，霧遮蔽了後院的景物，彷彿這裡正在輕盈地離地漂浮，她走向擺在角落的老木桌。

她轉動抽屜中央生鏽的鑰匙拉開抽屜，發出像蜂鳥振翅一樣微弱的聲響。

裡頭空無一物。

7.

絮搬來這個徹底遠離市區的小鎮已經兩年。

她從來沒有忘記離開恆家裡的那一天，在開門之前他特地蹲下來，讓永望抱著他長達五分鐘，把他所能動用的所有安慰的話都盡力說了一遍。

恆下樓後幫他們追著已經過站的遊覽車小跑步的背影，幫他們把最後整理出來瑣碎日用品的手提行李搬上車，之後把一卷畫紙塞進她手中。

「要好好吃飯，保重身體。」絮明明有很多話想跟他說，但最後只是握著他的手說了這兩句話。

恆也只是緊緊回握住她的手一下之後，就回身跟司機說抱歉可以開車了，下了車站在路邊目送他們直到看不見。她永遠也不會忘記吧，那一年像和他一起躲在最安全的堡壘一樣的日子。

也記得她告訴文時自己要搬去的地方時，他說出：「祝福妳一切順利」時那張熟悉的、淡然的笑臉和之後那一陣長長的沉默，這個城鎮距離文時居住的山區又更加的遙遠，他們都深知絮不會再像這段時間一樣那麼常來探望他，下午他們一起搬了椅子在走廊曬太陽，文時閉上眼睛安靜地睡了一段時間，絮只是一直看著他的側臉和輕覆在他身上的陽光想著：「只要這樣就好。」

道別時他們仍然不說那句：「下次見。」

窗景外已經快到稻穗飽滿的季節，周邊鄰近一個池塘。池面映照天際的投影層次分明，遠方山的邊際銳角清晰。一望向窗外就可以看見稻穀在不同光線下的色澤，結滿稻穀的穗株隨風搖擺，稻穗上懸著雨露，有澄黃和翠綠兩種顏色，整串捧起已經有實心的重量，上次看見還枯萎彎折在池塘水底的夏荷也開了。

窗邊漆著橄欖綠的牆上掛著搬家前恆送給她的禮物。是一張純手繪的空間設計圖，紙張的右下角壓著恆創立新工作室的 Logo。雖然只是初步的草擬，但恆沒有漏掉她那天用哭得沙啞的聲音形容她理想中的每一個細節。

每次她凝視著這張圖的時候，她都會想著，總有一天。

她兼了兩份工作，假日還會到里民中心教獨居的長輩唱歌。日子還是一樣，保持著沒有特別閃亮之處、偶爾會黯淡下來的樣子。

她看向時鐘已經下午五點，永望今天校外教學，已經到了快回家的時間。

絜走到餐桌旁，把下午剛郵寄送來的一大箱包裹打開，送貨單上是文時熟悉工整的筆跡，裡面用報紙包著還沾滿新鮮泥土的漂亮有機蔬菜和一盒用厚牛皮紙盒和麻繩包起來的雞蛋，絜閉上眼睛，感覺似乎又聞到了那個深藏在山上的庭院裡潮濕的氣息。

前天文時發訊息過來，通知絜包裹已經寄出，他也寄了一盒雞蛋給恆。還有一個三分鐘的錄音檔，絜按下播放鍵，前三十秒只有粗糙充滿顆粒質地的雜音，他聽見文時低聲數了一、二、三。

接著傳出如同初學的小孩在彈奏那首 ***The Sound of Silence*** 生澀笨拙的琴音，他已經可以緩慢地彈出整首旋律。雖然節拍總是對不上，絜還是跟著他的節奏輕輕地哼唱每一個音節。

文時半年前開始在社區中心工作，每個星期三天。看他寄來穿著工作的制服背心，和其他人站在一起的合照，臉上依然掛著溫和收斂的笑容。

三個月前他曾經獨自搭車來看她，是他生病之後的第一次，轉了兩趟車，隨時跟絜回報他所在的位置，像在進行一個初次興建的大工程。絜看到他戴著帽子和口罩的身影出現在家門口，按下門鈴的那一刻，就跟看見永望第一次站起身來踏出第一步一樣開心。

她再也不多想什麼，只是想跟他一起慢慢地、每一步都踏穩實地地一起走。

永望興沖沖地打開門，大聲地喊著我回來了。他滿身大汗、臉頰紅暈，說今天終於幫舅舅撿到白鷺鷥的羽毛。他的個頭已經比兩年前高了幾公分。恆又在筆記本上更新了他手掌大小的新數字。

啊，蝴蝶跟著我一起飛進來了。永望說。

他立刻跑進廚房拿了玻璃杯，踮著腳尖接近停在客廳牆面上的白粉蝶。

「要輕輕的。」

他輕聲低語之後用玻璃杯罩住蝴蝶，蝴蝶立刻飛舞停在杯底，永望將杯口抵在掌心，打開窗戶，讓牠飛向第一顆星星升起的晚霞天空。

九　歌　文　庫　　1　4　1　4

蜂鳥的火種

國家圖書館出版品預行編目（CIP）資料

蜂鳥的火種 / 邱怡青著 . -- 初版 .
-- 臺北市：九歌出版社有限公司，2023.10
面；　公分 . -- (九歌文庫 ; 1414)
ISBN 978-986-450-603-3(平裝)
863.57　　112014554

作　　者——邱怡青
責任編輯——張晶惠
創 辦 人——蔡文甫
發 行 人——蔡澤玉
出　　版——九歌出版社有限公司
台北市 105 八德路 3 段 12 巷 57 弄 40 號
電話／ 02-25776564・傳真／ 02-25789205
郵政劃撥／ 0112295-1

九歌文學網　www.chiuko.com.tw

印　　刷——晨捷印製股份有限公司
法律顧問——龍躍天律師 ・ 蕭雄淋律師 ・ 董安丹律師
初　　版——2023 年 10 月
定　　價——320 元
書　　號——F1414
I S B N——978-986-450-603-3
9789864506071 (PDF)

本書榮獲 109 年 文化部 MINISTRY OF CULTURE 青年創作獎勵